당신이 나의 고양이를 만났기를

당신이 나의 고양이를 만났기를

우치다 햣켄 | 김재원 옮김

봄날의책

차례

그는 고양이로소이다

우리 집 정원에 드나드는 길고양이 한 마리의 배가 점점 불러온다 싶더니 어디선가 새끼를 낳은 모양이다. 모두 몇 마리인진 모르겠으나 그중 한 마리가 늘 어미 뒤를 졸졸 따라다니며 부엌 앞 헛간 지붕 위에서 어미와 새끼가 마주 앉아 졸기도 하고, 하품도 하고, 그러는 사이 우리와 낯을 익혔다.

아직 어미젖을 뗐을까 말까 한 새끼인데, 밤에는 어미와 함께 어디서 자는지 모르겠지만 낮이 되면 나타나 매일 같은 장소에서 신이 나 어쩔 줄 모르겠다는 듯이 이리저리 뛰놀았다. 어미에게 달라붙어 장난을 치면 어미는 성가신 듯 휙 돌아앉아 졸기 시작하는데 그럼에도 멈추지 않는다. 어미가 상대해주지 않으니 심심해졌는지 바지랑대를 타고 부엌 앞 정원으로 내려와선 물을 푸고 있는 아내의 국자 손잡이에 엉겨 붙었다. 곁에서 너무 성가시게 굴어 아내가 국자를 휘둘러 쫓으려 하니 저와 놀아주는 것이라 착각했는지 국자 움직임에 맞춰 힘차게 콩콩 뛰어오르다가 제힘에 못 이겨 건너편 엽란 그늘에

둔 금붕어 물독에 뛰어들고 말았다.

성가셔 쫓긴 했는데 물독에 빠진 걸 보니 또 딱했다. 금세 가장자리로 기어 올라오긴 했지만 그래도 고양이는 젖는 걸 질색하니 위로 차원에서 밥이라도 주라고 했다.

그가 물독에 뛰어든 게 인연의 시작이었다. '그'라고 부르는 건 수컷이기 때문. 아내는 선물로 받은 시즈오카산 와사비절임이 담겨 있던 얕은 통에 밥과 생선을 섞어 헛간 앞에 두었다. 신나게 먹긴 했다는데 어느새 싹 먹어치우곤 홀연히 사라졌다고 한다. 아무래도 길고양이의 새끼다 보니 먹을 땐 주위 경계를 늦추지 않는 모양이다. 얼마 후 다시 밥을 담아줬을 때, 밥이 있다는 걸 알면서도 살금살금 너무 조심스럽게 다가오는 것을 보고 다음부턴 더 눈에 띄지 않도록 엽란 그늘에 두라고 했을 정도다.

어쩌다 보니 고양이에게 밥을 주는 게 습관이 되어 먹고 남은 생선뼈와 대가리는 고양이 몫으로 여기게 되었다. 새끼 고양이도 차츰 적응을 하는지 더 이상 우리를 경계하지 않게 되었다. 그런데 항상 같은 자리에 밥이 있다는 사실을 어미 고양이와 다른 길고양이들도 알게 되고 이웃집 미국인이 키우는 강아지까지 냄새를 맡고 달려드는 바람에 와사비절임 통은 금세 바닥을 드러내기 일쑤였다. 그래서 우리는 먼저 그를 불러낸 다음 밥을 내어주기로 했다.

비가 세차게 쏟아지던 날, 비가 내려도 배는 고프리란 생각에 밥을 준비하긴 했지만 고양이는 젖는 걸 싫어한다. 그래서 늘 두던 곳이 아닌 부엌 입구에 놓아두기로 했고, 이로써 고양이는 집에 한 발짝 가까워져 그 후로는 날이 맑아도 늘 그곳에 밥을 두게 되었다.

어미젖은 이제 완전히 뗐는지 어미 뒤를 그리 졸졸 쫓진 않았다. 어미 고양이는 고새 또 새끼를 배어선 녀석을 귀찮아하기 시작했다. 아무쪼록 이 아이를 잘 부탁드립니다. 그렇게 입 밖으로 꺼내어 인사하진 않았지만 꼭 그런 느낌으로 훌쩍 사라져버렸다.

나와 아내는 새끼 고양이를 키울지 말지 의논했다. 하지만 집에는 작은 새가 있다. 다네가시마섬의 아카히게와 미야자키현 휴가시의 동박새, 어느 지역 종인지는 모르겠지만 도쿄 부근의 동박새. 거기에 길고양이 새끼를 들일 순 없는 노릇이다. 또 그렇다고 내쫓아버리자니 가여웠다. 쫓아봐야 가지도 않겠지. 전후 사정상 부득이하게 이 길고양이를 길고양이로서 키워보기로 했다. 방에만 절대 들이지 않으면 괜찮으리라는 생각이었다.

그 결정에 따라 그는 부엌 입구를 통해 흙 묻은 발로 집에 드나들게 되었다. 단, 방에는 들어가면 안 될 뿐만 아니라 안을 들여다보는 것 자체를 금지했다. 들여다보면 새가 있다. 혹여 그쪽으로 고개를 돌리면 머리를 콩 쥐어박으며 보면 안 되는 이유를 설명해준다. 그가 머무를 수 있고 돌아다닐 수 있는 영역은 부엌 마루와 짧은 복도, 세면대 아래와 욕실뿐이었다. 반면 집 주위와 정원은 오롯이 그의 영역으로, 매실나무를 타고 오르거나 연못가를 뛰놀고 속새 수풀을 헤집고 다니는 건 얼마든지 그 녀석 자유다. 물론 툇마루 아래도 자유로이 드나들 수 있다. 태생이 길고양이니 제가 태어난 연고지가 뛰놀기엔 더 좋을 터다.

길고양이를 길고양이인 채로 키운다곤 해도 키우는 이상 이름은 있어야겠지. 길고양이니 노라*라는 이름을 붙여주었다. 입센의 작품 속 노라는 여자지만 그는 수컷이다. 성별이 뒤바뀐 이름은 이상할 수도 있겠으나 시대가 변하다 보면 인간도 남녀 구분이 모호해져 서로 뒤바뀌지 않으리란 법이 없으니 남자 노라도 문제 될 것이 없다.

키우기로 했으니 음식과 잘 곳을 마련해주어야 할 터. 헛간 판자벽을 살짝 벌려 몸집 작은 노라가 드나들 수 있는 구멍을 만들고 그 안쪽에 와사비절임 통과 귤 상자를 넣어두었다. 귤 상자 안에 걸레로 쓰려던 해진 천 조각이 두툼하게 깔려 있어 제법 따뜻해 보였다.

얼마간 노라는 그 시설에 안주했고, 어딜 갔나 싶어 찾아보면 헛간 안 귤 상자에서 기분 좋게 잠들어 있었다. 배가 고플 땐 부엌 입구로 와서 야옹야옹 소란스레 밥을 졸랐다. 아직 새끼다 보니 그 야옹 소리도 가슴 조마조마할 정도로 미약했다.

며칠 지나지 않아 노라는 감기에 걸렸다. 고양이가 감기에 걸린다니 아주 신기했다. 노라는 기력을 다 잃어 밥도 생선도

• 길고양이는 일본어로 노라네코(野良猫)라고 한다.

먹지 않았다. 급한 마음에 통조림 쇠고기에 버터를 섞어 계란을 올려줬더니 조금 먹었다. 물 대신 우유를 주고 귤 상자 속에는 따뜻한 물을 담은 위스키 병을 난로 주머니 대신 넣어주었다.

간호한 효과가 있어 감기는 이삼일 만에 나았고, 그사이 아내가 가엾다며 계속 보듬고 지냈더니 길고양이인 녀석도 우리에게 상당히 친근감을 느끼기 시작한 듯했다. 다시 쌀쌀하게 비 내리는 날이 이어지자 헛간 안에 있던 와사비절임 통은 어느새 부엌 입구로 옮겨졌고, 노라는 밤에도 헛간으로 돌아가지 않고 욕실에 들어가 욕조 덮개 위에서 잠을 잤다. 언제 그 장소를 발견했는지는 모르겠으나, 나는 매일 욕조에 들어가기 때문에 그 안엔 늘 따뜻한 물이 채워져 있어 덮개 위는 아주 기분 좋은 온도로 따끈히 덥혀져 있다. 한국의 온돌이라는 건 말로만 들어봤을 뿐 실제로는 어떤지 모르지만, 고양이는 욕조 덮개를 온돌 삼아 자는 게 틀림없다.

길고양이를 길고양이로서 키울 작정이었지만 노라는 차츰차츰 집 안으로 들어와 그대로 눌러앉게 되었다. 고양이 입장에선 길고양이를 길고양이로서 어쩌고 하는 성가신 일 따위는 생각하기 힘들지도 모르겠다. 무엇보다 그가 우리 인간을 어떻게 생각하는지, 그 근본적인 점에 관한 고양이의 소견을 잘 모르겠다.

욕조 덮개 위에 엎드려 누운 고양이의 잠든 모습은 방약무인 그 자체다. 덮개 손잡이를 베개 삼아 삼각형 작은 머리를 얹고 네 다리를 사정없이 뻗어 대자로 잔다. 방탕한 난봉꾼처럼 잠든 모습을 보면 이 녀석이 곧 고양이 요괴*로 변하는 게 아닐까 싶기도 하다. 인기척이 나도, 옆에서 소리가 들려도 다 모른 체한다. 동물에겐 외부의 적에 대비하는 본능이란 게 있기 마련이건만, 그는 완전히 무방비한 자세로 잠만 잘 뿐이다. 만지면 실눈을 뜨고 얼굴을 쳐다보지만 이내 귀찮다는 듯 눈을 감고 잠들어버린다. 배를 보이고 잘 때도 있다. 날다람쥐처럼 겨드랑이를 훤히 드러내고 자기에 간질여봤지만 아무 반응이 없었다. 인간처럼 간지럼을 타진 않는다.

겐카이 사전*의 겐카이식 어원 분석에 따르면 고양이는 잠이 많아 네코*라 부른다고 한다. 어릴 적에 집에서 고양이를 키웠기 때문에 고양이에 관해 전혀 모르진 않지만 이렇게나 잠이 많다는 사실은 몰랐다. 어디 주변에서 장난칠 때를 빼곤 대부분 늘 잠들어 있다. 밤낮 구분은 없다. 밤이면 욕실 안이 깜깜하지만 고양이에게 어둠은 문제가 되지 않는 모양이다. 눈동자를 가늘게 만들었다 둥글게 만들었다 하면서 뭐든 다 볼수 있는 것이리라. 어둠 속에서 고양이가 쉬고 있을 때 스위치

• 일본에서 전해 내려오는 전설 속 동물로 집고양이가 나이를 먹어 꼬리 둘 달린 요괴로 변한 것. 고전 괴담이나 수필 속에 자주 등장한다.

• 국문학자 오쓰키 후미히코가 메이지 시대에 편찬한 일본 최초의 근대 국어사전.

• 고양이를 뜻하는 네코(猫)의 어원이 '자는 아이'라는 뜻의 동음이의어 네코(寝子)에서 유래했다고 보는 설.

를 올려 불을 켜면 갑자기 환해져 눈부시다는 듯한 얼굴을 한다. 다시 불을 껐다가 켜면서 고양이에게 장난을 건다. 하지만 제아무리 고양이 눈이라 해도 그런 장난을 당하면 전깃불 명멸로 인해 눈동자를 조절하기 힘들 테고 결국 시력이 떨어져서 안경을 써야 할지도 모른다. 고양이가 안경을 쓰면 이상할지도 모르지만 세상엔 안경 쓴 고양이처럼 생긴 인간도 있으니 노라는 신경 쓸 필요가 없다.

아무튼 노라는 욕조 덮개가 못 견디게 좋은 모양이다. 밤이 되어 욕조에 들어가려고 보면 그 위를 점령 중이기 때문에 일단 들어서 내보내야 한다. 그런 후 옷을 벗고 있으면 또 들어온다. 하는 수 없이 다시 내보낸다. 몸에 물을 끼얹어 바닥이 흥건한데도 기어코 또 들어온다. 들어와봐야 이미 덮개는 없다. 그러면 그는 좁은 욕조 난간에 올라와 떨어지지 않도록 중심을 잡는다. 고양이와 혼욕이라니, 그건 곤란한 일이다.

잘 만큼 다 자고 나면 일어나 하품을 한다. 나도 자주 하품을 하지만 고양이는 더 심하다. 가늘고 빈약한 혀를 사람 앞에 쑥 내밀곤 서슴없이 입을 벌린다. 앞발로 입을 가리는 예의범절 같은 건 모른다. 하품은 해도 침은 흘리지 않으니 개나 어린아이보다는 예의 바른지도 모르겠다. 그런데 음식을 먹는 사람 입을 보면 시끄럽게 조르며 야옹야옹 운다. 그럴 땐 겨자나 초절임, 단무지, 시치미,* 산초 같은 것을 콧잔등 가까이로 가져

---

* 七味. 고춧가루·산초·깨 등 일곱 가지 양념을 섞어 만든 향신료.

가 살짝 문지르면 성가시다는 듯 고개를 홱 돌린다. 개다래나무는 아직 준 적이 없는데 조만간 구해다가 대접할 생각이다.

나는 메이지 38년(1905년) 10월에 니혼바시의 오쿠라서점에서 나온 소세키 선생님의 『나는 고양이로소이다』 초판본을 가지고 있다. 책 윗머리에 금박을 친 국판으로 하시구치 고요가 장정했고, 나카무라 후세쓰가 그린 권두 삽화는 꼬리를 잡고 고양이를 거꾸로 든 그림이다. 나도 노라로 한번 흉내를 내어보자는 생각에 녀석을 붙잡았다.

노라는 꼬리가 그보다 조금 짧지만 잡기에는 충분하다. 털이 있어 눈으로 봐선 알 수 없었는데 손에 쥐어보니 꼬리 끝이 갈고리처럼 휘었다. 그 갈고리를 손가락에 휘감듯이 쥐고 들어보았다. 노라는 찍소리도 내지 않았지만 썩 유쾌하진 않은지 공중에 뜬 네 다리를 헤엄치듯 작게 휘젓는다. 제법 묵직한 느낌이 난다. 처음 봤을 무렵보다 많이 자란 듯해서 꼬리를 끈으로 묶어 부엌 찬장에 있는 저울로 데려가 무게를 재어볼까 하다가 그건 관뒀다. 시간이 길어지면 머리에 피가 쏠려 불쾌하기도 할 테고 더군다나 동물의 무게를 재는 건 꼭 나중에 요리해서 먹겠다는 심산으로 보이기도 하니 말이다. 고양이를 먹으려는 생각 따위는 없으므로, 그런 의심스러운 행동으로 고양이의 오해를 사서야 섭섭한 일이다.

고양이는 7대에 걸쳐 화를 입힌다고 한다. 노라를 괴롭힐 마음은 없고 꼬리를 잡고 거꾸로 들었다고 해서 딱히 괴롭힌 것은 아닐 테니 화를 입을 걱정은 없지만, 원한에는 그처럼 집요

한 반면 은혜는 전혀 모른다는 게 예부터 전해지는 고양이의 일반적 습성이다. 길고양이 노라도 거둬들여준 우리에게 감사하고 감격하는 기색은 없다. 사흘간 입은 은혜도 잊지 않는다는 개보다 고양이의 그 무정한 성격이 내겐 더 편하기 때문에 은혜를 느끼는 편이 외려 송구스럽다.

은혜를 주거니 받거니 하는 건 인간 사회에서 하는 것만으로도 충분하니 노라는 부디 안심하길 바란다.

구태여 저울에 달아볼 것도 없이 노라는 훌쩍 많이 자랐지만 아직 어린 티를 다 벗지 못해 난장을 치기 시작하면 끝이 없다. 쓰레기통이 저절로 쓰러졌나 싶어 살펴보면 그 안에 들어가 있다. 정원에 둔 빈 숯 자루가 움직여서 아내가 가봤더니 안에서 숯가루를 뒤집어쓴 채로 뛰어나왔다고 하는데, 그 상태로 사람 품에 안겨드니 옷이 남아나질 않는다. 아침과 저녁, 하루에 두 번 정해진 시간이 되면 흥이 오르는 모양이다. 탄력이 붙어 멈출 수 없는 지경이 되면 사람 발에 엉겨 붙어 발라당 드러누워선 발 주위를 깨물려고 한다. 물어봤자 어차피 장난이라 대수로울 것도 없지만 그래도 이빨이 있기 때문에 살짝 아프다. 아내는 백기를 들고 그 시간이 되면 고무줄 바지로 갈아입는다. 나는 집에 있을 땐 제복 차림이기 때문에 괜찮다. 그 공격을 피하기 위해 탁구공 두 개를 사다주었고, 그걸 굴리고 쫓는 데 정신이 팔린 틈을 타 그 곁을 지나다니곤 한다.

한번은 노라가 배변 실수를 한 적이 있다. 그땐 배탈이 난 상태였으니 어쩔 수 없는 일이긴 했는데, 세면대 앞 발수건에 배변을 하고는 그걸 수건으로 둥글게 감싸두었다. 뒷발로 모래를 차듯 수건을 찬 게 틀림없다.

집 바로 옆에 소학교가 있다. 오후 느지막한 시간이면 확성기에서 선생님의 목소리가 쏟아져 나온다. "아직 교정에서 놀고 있는 분들은." 선생이 학생에게 쓰기엔 좀 이상한 말투다 싶다. 유치원도 있다. 유치원 선생은 콩알만 한 아이들에게 "남성분은, 여성분은." 하고 말한다. "미끄럼틀을 거꾸로 기어 올라가면 안 됩니다." 올라가지 마, 라고는 하지 않는다.

때문에 나도 노라를 이렇게 타이른다.

"고양이분, 여기서 배변을 하면 안 됩니다."

아마기 군과 고양이 이야기를 했다.

"고양이는 예전 소세키 선생님처럼 위가 약하다더군."

"고양이가 위병에 걸립니까?"

"고양이는 속이 곧잘 쓰린 모양이야. 그래서 너무 기름진 음식을 주면 배탈이 나지."

"정말로요?"

"소화를 시키려고 가끔 정원에 나가 풀을 먹더군. 저번엔 그러다가 변 실수를 했지."

세면대 발수건 이야기를 하는데 부엌 장지문을 반대편에서 득득 긁어대는 소리가 난다.

"배변 상자에 하지 않나요?"

"태생이 길고양이지 않은가."

'제가 말입니까?' 꼭 노라가 그렇게 말하는 듯했다.

노라야

1

고양이 노라가 복도 마루와 방의 경계에 와서 앉아 있다.

오락가락 내리던 밤비가 장대비로 바뀌어 빗방울이 양철지붕 처마를 두드리는 소리로 바깥세상이 요란하다.

상 위에는 치우지 않은 그릇이 늘어져 있고 앉은 자리 곁엔 정종과 맥주병이 있어 자칫 잘못 일어섰다간 발에 챌 듯하다. 이미 젓가락을 놓은 후라 기둥에 기대 앉아 담배를 피운다. 연기 꼬리를 본 노라가 자세를 고쳤다. 즉, 양손에 해당하는 앞발을 짚은 위치를 바꿨다는 말이다. 노라는 절대 상 근처에 오지 않는다. 그 정도 예의범절은 안다.

고양이는 연기에 신경이 쓰이는 모양이다. 흩어져 사라지는 연기의 행방을 노라는 유심히 지켜본다. 조금 더 어렸을 땐 아내 품에 안긴 채로 내가 뿜어내는 담배 연기에 톡톡 앞발을 내밀어 연기를 붙잡으려 했다. 이제는 어엿한 청년 고양이가 되었으므로 그런 유치한 행동은 하지 않는다. 그저 지그시, 연기가 사라질 때까지 가만 지켜본다.

"이 녀석, 노라야. 고양이 주제에 뭘 그렇게 골똘히 생각하는 게냐."

"야옹."

노라가 대답을 하며 내 쪽을 본다. 노라는 요즘 들어 부쩍 대답이 잦다. 원래 모든 고양이가 다 대답을 하는 건지도 모른다. 나는 어릴 적에 집에서 고양이를 키운 기억은 있지만 자진해서 고양이를 키워보자고 생각한 적도 없고 고양이에게 아무런 흥미도 없었다. 그래서 고양이의 습성에 관해선 아는 게 없다. 노라야, 하고 부르면 대답을 하지만 다른 고양이에게 노라야, 하고 말을 걸어도 똑같이 대답할 수도 있고, 노라를 다른 사람의 이름으로 불러도 마찬가지로 야옹, 하고 대답할지도 모른다. 실험해본 적이 없어 정확히는 모르겠다.

노라는 그 자리에 얼마간 머무르다가 별안간 불쑥 일어나 기지개를 켜더니 내 얼굴을 빤히 바라보며 신나게 하품을 하고는 쓱 가버렸다. 아마도 욕실에 들어가 욕조 덮개 위에 노라를 위해 깔아둔 방석으로 올라가 잠들었으리라.

이 글은 「그는 고양이로소이다」(지쿠마쇼보 단행본 『작은 대숲』 수록)의 속편이다. 재작년 초가을, 지금은 헐고 없는 낮은 헛간 지붕에서 내려온 새끼 길고양이가 우리 집에 들어와 자랐는데, 아내나 나나 딱히 고양이를 좋아해서 키운 것은 아니다. 녀석은 아주 자연스럽게 우리 집 고양이가 되었고 그 경위

는 「그는 고양이로소이다」에 자세히 썼다. 그 글에서 밝혔듯이 노라라는 이름은 입센의 『인형의 집』속 '노라'에서 따온 게 아니다. 그러려면 여자여야 맞는데 우리 집 노라는 수컷이고, 단지 길고양이 새끼라서 노라라고 부르는 것뿐이다. 따라서 노라라는 이름은 세계문학사와 아무런 관련이 없다.

우리 집 노라가 강림한 다카치호노미네*는 헛간이다. 작년 가을에 그 낮은 헛간을 허물고 새 헛간을 세웠다. 새 헛간은 꽤 근사하고 튼튼하며 지붕도 높다. 페인트를 칠한 함석지붕이다. 노라는 냉큼 새 헛간 지붕 위에 올라가 막 칠한 페인트 위를 걸어 다녔고, 돌아와서 바로 아내에게 안기는 바람에 아내 옷에 온통 페인트가 묻었다. 노라의 발바닥을 알코올과 벤진으로 닦고 옷을 수습하느라 한바탕 난리도 아니었다.

우리 집에는 작은 새가 있다. 동박새 두 마리와 류큐울새 한 마리로 낮에는 새장에서 꺼내 방 안에다 둔다. 고양이는 필시 작은 새가 탐이 날 터다. 노라가 새끼일 때 복도에서 방 안에 있는 새장을 뚫어져라 보면서 허리를 움찔거린 적이 있다. 달려들 작정이었으리라. 혼을 내며 머리를 쥐어박아 못 하게 막았는데, 그런 일들이 습관이 되다 보니 절대 다다미 위로는 올라오지 않는다. 무심코 발을 들이려다가도 내가 노려보면 즉시 멈추고 그 자리에 앉는다. 고양이를 노려보는 데도 기합이

* 일왕가의 직계 시조인 니니기노 미코토가 강림했다고 전해지는 신화 속 산. 미야기현과 가고시마현의 경계에 위치해 있다.

22

필요하다. 교사 시절 학생을 노려보던 정도의 눈빛은 고양이에게 통하지 않는다.

오래전, 요쓰야 오요코초에 있는 새 가게의 고양이가 동박새와 멧새 바구니 틈에 누워 낮잠을 자는 모습을 본 적이 있다. 고양이도 훈육해서 길들이면 새를 공격하지 않게끔 만들 수 있다는 실제 예를 내 눈으로 직접 보아 알고 있다.

제법 많이 자란 노라는 나와 아내 둘뿐이던 적적한 집에 완전히 녹아들어 이 작은 가족의 일원이 되었다. 생김새, 특히 눈 주위가 아주 귀엽고, 또 영리한 고양이라 사람 말도 곧잘 알아들었다. 늘 아내 곁을 떠나는 법이 없어 아내가 귀엽다며 수시로 안아주었다. 방에 있을 때 부엌에서 말소리가 들려 누가 왔냐고 물으면 아내는 노라와 이야기하는 중이라고 했다.

"착하지, 우리 노라는 참 착하지."

아내는 노래하듯 말하며 부엌에서 복도로 걸어오다가 방 미닫이문을 열고는 "안녕하세요." 하고 노라 얼굴을 내 쪽으로 돌린다. 노라는 품에 안긴 채로 살짝 휜 꼬리 끝을 아내의 앞치마에 비비기도 하고 꼬리 전체로 툭툭 두드리기도 한다.

태어난 지 아직 1년도 채 되지 않았던 작년 여름, 정원으로 나간 노라가 밖에서 들어온 고양이와 대치하며 금방이라도 덤벼들 듯한 소리를 내기 시작했다. 하지만 거의 모든 고양이에게 대적이 안 되는 눈치라 그런 소리가 들리면 아내가 하던 일을 내팽개치고 뛰쳐나가 가세한다. 노라는 집 정원 밖으로 나간 적이 없고 늘 문 옆이나 담 위에서 노려보는 게 전부라 아내의 지원도 효과가 있다.

우리 집에는 문이 두 개 있다. 길과 접해 있는 대문을 지나 양 옆집 사이로 난 좁고 기다란 길을 쭉 들어오면 안쪽 문이 하나 더 있다. 노라는 그 문과 문을 잇는 콘크리트 길의 절반까지도 나가는 일이 없다. 대문까지 나가 밖을 본 적도 없을 터다. 가끔 아내가 우편물을 넣으러 나가거나 이웃집에 물건을 가져다주러 가면 안쪽 문까지는 따라가지만 그 이상 나가지는 않는다. 돌아오면 그 자리에서 얌전히 기다리고 있기 때문에 아내가 안아 올려 볼을 부비며 부엌으로 들어오곤 한다.

정원 밖으로 나가지 않아도 정원 담 너머 구두가게에 사는 줄무늬 고양이가 어릴 적부터 노라와 사이가 좋아 종종 놀러 오기 때문에 친구가 없어 외롭지는 않았을 것이다. 줄무늬 고양이는 노라와 비슷한 시기에 태어난 수컷인데 수컷끼리라도 서로 잘 맞는 상대라는 게 있는 모양이다. 늘 둘이서 코를 맞대고 앉아 볕을 쬐기도 하고 정원 징검돌 위에 한참을 나란히 웅크려 앉아 있기도 한다. 노라의 친구라는 이유로 아내가 그릇에 우유를 따라서 가지고 나가면 노라는 구두가게 고양이가 맛있게 먹는 모습을 곁에서 지켜보는데, 방해도 하지 않는가 하면 자기가 먹으려 들지도 않는다.

하지만 그 녀석이 아닌 다른 고양이가 정원에 들어오면 화를 낸다. 쫓아내고 싶은 모양이지만 그럴 능력은 없기 때문에 허풍스러운 소리만 내다가 결국엔 도망쳐 돌아온다.

밖에서 들어오는 고양이 중에 한 마리 굉장히 센 녀석이 있는데, 점박이 무늬에 무서운 얼굴을 한 놈이다. 노라는 그 녀석에겐 전혀 상대가 안 되는 듯했다. 한두 번 소리를 내며 대치하다가 매번 캭 비명을 지르며 도망쳐 들어온다.

무더운 어느 여름날 낮, 노라는 복도 한구석 벽에 기대어 낮잠을 자고 있었다. 갑자기 고양이 비명이 나더니 우당탕 요란한 소리가 들리기에 놀라서 뛰어나가 보았다. 나쁜 점박이 고양이가 더워서 열어둔 부엌문으로 들어와 기분 좋게 낮잠을 자던 노라의 허리 부근을 물어버린 모양이었다. 캭 소리를 내며 벌떡 일어난 노라를 녀석이 뒤쫓았고, 복도 끝 세면대 아래에서 경단처럼 뒤엉켜 싸우던 끝에 노라가 문이 열려 있던 욕실 안으로 도망치자 점박이가 다시 뒤쫓아 결국 두 마리 다 밖으로 나가버렸다.

방에 있던 아내가 노라를 돕기 위해 헐레벌떡 뛰쳐나갔지만 이미 둘은 근처에 없었다. 복도와 욕실 나무 깔판에 노라가 괴로운 나머지 흘린 것으로 보이는 소변의 흔적이 띄엄띄엄 흩어져 있다. 평화롭게 잠을 자던 노라를 괴롭힌 그 못된 녀석에게 몹시 화가 치밀었고 아내는 그보다 더 분개했다. 늘 노라를 괴롭힌 걸로도 모자라 이런 짓까지 하다니. 더는 못 참아. 앞으로 내 눈에 띄기만 하면 바로 때리고 찔러서 내쫓아버릴 거야.

노라는 나쁜 녀석의 추격에서 벗어나 곧 집에 돌아왔다. 아내는 바로 노라를 안아 올려 볼을 맞대어 달래면서 다친 곳이 없는지 샅샅이 살폈다. 품에 안은 노라의 심장이 너무 세차게 뛴다며 안쓰러워했다.

아내는 그 못된 녀석의 목소리를 기억해두었다. 노라가 집 안에 있을 때라도 그 나쁜 녀석이 다른 고양이와 싸우는 소리가 들리면 나가서 쫓는다. 노라가 밖에 있을 때 그 녀석 목소리가 들리면 만사 제쳐두고서 긴 막대기를 들고 현장으로 달려나가 나쁜 녀석을 쫓아버린다. 노라는 정원 밖으로 나가는 일이 없기 때문에 아내의 지원은 늘 효과가 있다. 매번 그러다 보니 나중엔 아내가 밖에 나가기만 해도 줄행랑을 쳤다. 노라는 자기가 강해졌다고 생각했을지도 모르겠다.

노라는 어릴 적에 배탈이 나서 세면대 앞에다 배변 실수를 한 적이 있다. 자기가 싼 끈적끈적한 똥을 발수건으로 말아두었는데, 모래에다 배변할 때처럼 뒷발로 수건을 차서 그리된 게 아닐까 싶다. 그 일로 크게 신용을 잃어 뒷수습을 마친 아내에게 혼이 났다.

그 후로는 배변 상자 모래 속에 배변하는 법을 잘 익혀서 더는 실수하지 않았지만 너무 지나치게 잘 익힌 탓에 굳이 배변 상자에 할 필요가 없을 때도 거기다 하게 되었다. 밖에서 돌아오면 부엌 입구에 놓아둔 배변 상자 모래 속에 서둘러 소변을 본다. 꼭 집이 아니라도 밖에 할 만한 곳이 얼마든지 있으니 해결하고 들어오면 될 텐데. 아내가 투덜거린다. 방금 막 모래를 갈았는데 또 새로 갈아야 하잖아. 정말이지 눈치 없는 고양이라니까.

그러고는 노라가 흙발로 올라와 밟고 다닌 주방과 복도를 빗자루로 쓸어낸다.

밖에 나갈 때도 마찬가지. 모래 상자 안에 웅크려 앉아 소변을 눈 다음 깔끔하게 모래로 덮고 나서야 정원으로 나간다. 정원에 나갈 거면 정원에서 해결해도 될 텐데. 아내가 투덜투덜 다시 모래를 간다.

음식은 원래 우리가 먹고 남긴 거라면 뭐든지 잘 먹었는데, 아직 한창 어리던 재작년 늦가을 무렵 감기에 걸려 기운을 잃고 아무것도 먹질 않아서 우리를 걱정시킨 적이 있다. 오이소에 사는 요시다 씨 댁에 불려갔을 무렵의 일이라 전후를 정확히 기억한다. 아내가 안쓰러워하며 늘 품에 안고 지냈다. 버터와 계란에 통조림 쇠고기를 섞어서 주었더니 아무것도 먹지 않다가 그건 잘 먹었다. 그러고는 다시 건강해졌다. 노라는 이 세상에 맛있는 음식이 존재한다는 사실을 그때 처음 알게 된 것인지도 모른다.

고양이에게 줄 생선은 싱거운 게 좋다는 말을 듣고 노라 생선만 따로 싱겁게 익혀서 주었는데, 익힌 것보단 날것이 좋다는 말에 날것 그대로 주었더니 아주 맛나게 먹어치웠다. 고양이를 키워본 경험이 없어 잘은 모르겠지만 정어리는 썩 좋아하지 않는 눈치다. 토막 낸 새끼 전갱이만 먹는다. 노라는 음식을 그릇 밖으로 물고 나가는 법이 없다. 주변을 더럽히는 일 없이 그릇 안에 두고서 깔끔하게 먹는다.

집에 있는 오래된 네덜란드산 치즈를 얇게 저며 밥에 섞어 줬더니 아주 잘 먹기에 그 후로도 계속 주었다. 둥근 에담 치즈가 동이 난 후에는 또 새 것을 사 와서 얇게 잘라주었다.

그러다 보니 밥은 점점 멀리하는 듯해서 치즈는 더 이상 주지 않고 새끼 전갱이 날것과 우유만 주었다. 새끼 전갱이는 대개 생선 장수에게서 구할 수 있지만 우리 집에 오는 생선 장수에게 새끼 전갱이가 없는 날도 있다. 그럴 땐 늘 약을 받아먹는 근처 시장의 약방에 부탁하면 시장 생선 가게에서 사다주기도 하고, 근처 맨션에 사는 구청 직원인 미망인이 퇴근길에 지나는 생선 가게에 들러 사다주기도 한다.

새끼 전갱이를 담는 그릇 옆엔 우유 항아리가 놓여 있다. 노라는 보통 전갱이를 다 먹고 난 다음 우유로 입가심을 한다. 한 홉에 15엔 하는 일반 우유로는 만족하지 않는다. 걸핏하면 고개를 돌려버린다. 21엔 하는 건지 우유*는 늘 신나게 먹어치운다.

고놈 참 건방진 고양이라고 말은 하면서도 나도 모르게 고양이 비위를 맞추게 된다.

그 외에는 카스텔라와 남은 우유로 만든 푸딩을 먹는다. 노라가 제일 좋아하는 음식은 단골 스시집에서 만든 계란말이로, 밥알 위를 지붕처럼 덮은 계란말이 반쪽을 아내가 남겨두었다가 나중에 주곤 한다. 노라는 우리가 음식을 먹고 있어도 절대 곁에서 조르는 법이 없다. 줄 때까지 기다린다.

식사를 끝마친 아내가 부엌으로 나가서 개수대 앞 작은 의자에 앉아 이리 온, 하면 신이 나서 아내 무릎에 양발을 올리

• 영국해협 건지섬이 원산지인 건지종에게서만 얻을 수 있는 고급 우유.

곤, 발돋움하는 자세로 기다란 꼬리를 바짝 세우고 아내가 잘라주는 계란말이를 기분 좋게 받아먹는다. 스시집 계란말이는 가정집에서 만드는 것과 달리 어시장에서 들여오는 생선 육수를 넣어 만든다고 하니 고양이 입에는 틀림없는 별미일 테다. 기뻐하는 그 모습이 보고 싶어 아내는 늘 노라 몫을 남겨둔다.

스시집에서 배달통을 가져와 노라가 앉아 있는 부엌 조리대에 두어도 노라는 절대 손을 대는 법이 없다. 부엌 선반에도 올라가지 않는다. 생선 장수가 가져온 생선 토막을 선반 위에 두어도 노라가 그걸 훔쳐 간 적은 단 한 번도 없다.

즉, 배가 불러야 예절을 아는 법. 늘 침착하고 동작이 느리며 세상만사 어떻든 내 알 바 아니라는 듯한 얼굴을 하고 있다. 생각에 잠기는 일 따위 있을 리 없지만, 한자리에 꼼짝 않고 앉아 무언가를 바라보면서 단어를 암기 중인 학생 같은 얼굴을 할 때도 있다.

아내가 화장실에 가려고 일어서면 꼭 뒤따라가서 문 밖 복도에 앉아 기다린다. 겉모습만 묘하게 바뀐 모리 란마루*처럼. 아내가 나오면 한참을 기다렸다는 듯 과장스럽게 기지개를 켜고 하품을 하며 뒤따라 걷는다.

식구가 적다 보니 음식 처리가 쉽지 않다. 고양이가 먹지 않으면 뒤처리는 온전히 우리 몫이다. 새끼 전갱이를 너무 많이

---

* 일본 전국시대의 영웅인 오다 노부나가를 섬기던 시동. 노부나가의 총애를 받아 그가 가는 곳 어디든 함께했으며, 최후에도 주군 곁에서 싸우다 전사했다.

사서 남아돌아도 노라에게 억지로 먹일 순 없으니 결국엔 우리가 초절임을 하거나 튀겨서 먹는다. 노라와 절친한 스시집 배달원이 노라에게 주라며 살점이 두툼하게 붙은 생선뼈를 가져다주었다. 아내가 익혀서 주었지만 입도 대지 않았다. 아주 상태가 좋아 버리기엔 아까워서 사람 입맛에 맞게끔 다시 익혀 나와 아내가 먹었다.

나는 작년에 봄과 가을, 총 두 번 규슈에 갔다. 두 번 중 언제인지, 가는 길이었는지 돌아오는 길이었는지 정확히 기억나진 않지만 아마 돌아오는 길이 아니었을까 싶다. 이토자키인지 오노미치인지 그 부근을 지날 때쯤, 나는 침대에서 깊이 잠들지 못하고 꾸벅꾸벅 졸고 있었다. 어쩌면 꿈이 아니라 의식이 흐린 상태로 비몽사몽간에 한 생각인지도 모른다. 어느 통과역 역사 오른편에 창고인지 화장실인지 모를 작은 건물이 있고 거기에 난 종잇장처럼 작은 유리창에 노라 얼굴이 비쳤다.

너무 걱정이 돼서 눈이 번쩍 떠졌다. 집을 비운 새 노라에게 무슨 일이 생긴 건 아닌지 마음을 졸이며 도쿄에 돌아왔고, 도착 후 바로 스테이션 호텔에 들러야 할 일이 있어 일단 호텔 전화로 집에 전화를 걸어 지금 막 돌아왔음을 알리고 노라는 잘 있는지 물었다. 탈 없이 잘 있다기에 그제야 안심이 되었다. 집에 돌아갔더니 며칠 만에 나를 본 노라는 야옹야옹 몇 번이나 쉬지도 않고 울었다.

건강하고, 살이 통통하게 오르고, 무엇 하나 걱정할 일은 없었다. 그렇게 점점 자라나 어른이 되었다. 집 안에 있을 땐 느

릿느릿해도 정원에 나가면 이쪽저쪽 쏜살같이 뛰놀다가 그 기세를 몰아 매실나무 기둥을 단숨에 타고 오르기도 한다. 운동이 부족하진 않을 터다. 그리고 차례차례 맛있는 음식의 맛을 기억하면서 입이 고급스러워지더니 제 입에 맞는 음식만 먹는다. 털에 확연히 윤기가 돌고 눈이 예뻐졌으며, 저울에 달아보진 않았지만 대략 4킬로그램 이상, 나중에는 5킬로그램 정도되어 보일 정도로 자랐다.

그리하여 작년 가을, 생애 첫 교미기에 접어들었다. 즉, 발정이 난 것이다. 집 안에 있을 땐 늘 난리법석을 피우며 밖에 나가고 싶어 했다. 집에는 고양이 전용 출입구가 없는데, 그걸 만들면 다른 고양이가 들어올 염려가 있고 혹 들어오게 되면 노라와 달리 새에게 달려들 수도 있기 때문에 만들지 않았다. 그래서 노라가 드나들 땐 일일이 우리가 문을 여닫아주어야 한다. 나가고 싶을 땐 나가고 싶다고 조른다. 집에 돌아오면 부엌문을 몸으로 밀어 콩콩 가볍게 소리를 낸다. 그러면서 야옹야옹 운다. 문을 늦게 열어주면 들어올 때 왜 이렇게 늦었냐며 야옹야옹 운다고 한다. 밤이 되어 돌아올 땐 종종 서재 창 장지를 기어올라 서재에서 책상 앞에 앉아 일하는 내게 말을 건다. 야옹 소리가 들려 일어나 장지문을 열어보면 앞에서 기다리고 있다. 하지만 거기서 방으로 들어와 부엌으로 가는 일은 없다.

"노라 왔구나. 저쪽으로 돌아오렴."

그렇게 말하며 장지문을 닫고 부엌문을 열러 가면 그사이 툇마루 밑을 비스듬히 달려 이미 부엌문 앞에 와 있다. 노라 때문에 일을 하다가 몇 번이나 일어서야 했는지 모른다. 서재 창문으로 올라오는 건 정원에 있다가 들어올 때가 아닐까 싶다.

첫 발정기 때는 아주 빈번하게 드나드는 통에 고양이에게 서비스하기 위해 수시로 몸을 일으켜야 했다. 발정기 때마저도 노라는 절친한 구두가게 줄무늬 고양이와 행동을 함께한다. 용케 싸우지도 않는다 싶은데, 암컷 하나를 사이에 두고 앉아서도 두 녀석은 마냥 기분이 좋은 모양이다.

조금이라도 손을 내밀라 치면 암컷이 화를 내며 목청을 돋운다. "무슨 짓이야, 이 지긋지긋한 풋내기 녀석이!" 하고 할퀴어버린다. 노라가 코끝에 상처를 입고 돌아와 아내가 약을 발라 치료해주기도 했다.

노라의 첫 발정기는 아마 별 소득 없이 끝났으리라고 생각한다. 그리고 추운 겨울이 되자 노라는 집 안에 머무는 일이 많아졌다. 난로가 있어 부엌과 복도도 그리 춥지 않고 또 욕실의 욕조 덮개 위에는 늘 노라가 자는 방석이 깔려 있다. 욕조 속 따뜻한 물의 온기로 방석은 늘 후끈후끈 따뜻하다. 노라가 방석 위에 누우면 아내가 보자기 천을 가져가 이불처럼 덮은 다음 얼굴만 내어놓고 폭 감싸준다. 노라는 그 자세 그대로 잠이 드는데, 방석과 이불 사이에 끼어 두 귀를 쫑긋 세우고 진지한 얼굴을 하고 있는 게 퍽 우스꽝스럽다. 내가 욕실 수건에 손을 닦으려고 문을 열면 잠든 노라가 반쯤 실눈을 뜨고는 잠에 취한 목소리로 야옹, 하고 내게 인사한다. 혹은 빙그르르 상반신만 젖히고 턱을 위로 들어 거길 긁어달라는 듯이 군다.

그럴 작정으로 문을 연 게 아닌데도 노라가 그런 자세를 보이면 나도 모르게 발판을 밟고 노라 곁으로 가서 잠든 노라의 머리를 쓰다듬고 목덜미와 등을 어루만져주고 싶어진다.

"노라야, 노라야, 우리 노라."

쓰다듬으면서 얼굴을 가까이 가져다 대고 말한다. 잠든 고양이를 불러서 깨우려는 건 아니다. 낮은 헛간 지붕에서 내려온 길고양이의 새끼, 그토록 작디작던 노라가 우리 집에서 이렇게나 많이 자랐다는 사실이 사랑스러워 견딜 수 없는 것이다.

"노라야, 노라야, 노라야." 하면서 또 쓰다듬는다.

신정이 지나고 2월 초 절분* 무렵이 되자 다시금 발정기가 시작되었다. 정원 너머와 담벼락 위에서 고양이들이 이상한 소리를 내기 시작했다. 이미 첫 발정기를 경험한 노라는 집 안이나 욕조 덮개 위에서 잠자코 있기가 힘든 모양이었다. 밖에는 살을 에는 듯한 찬바람이 부는데, 노라는 부엌문 앞으로 가서 야옹야옹 울며 밖에 나가려고 한다.

"이렇게 추운데 나가려고?"

노라를 안아 올린 아내가 눈곱이 끼었다며 봉산으로 눈을 닦아주곤 문을 열어 밖으로 내보냈다.

그렇게 나갔다가 좀처럼 돌아오지 않는 날도 있고 금방 돌

---

* 입춘·입하·입추·입동의 전날을 가리키는 말. 일본에서는 주로 입춘 전날을 의미하는 경우가 많다.

아오는 날도 있다. 돌아오면 아내는 노라의 발을 젖은 수건으로 닦는다. 늘 하는 일이라 노라도 익숙해졌는지 싫어하지 않는다. 새끼 전갱이와 우유를 먹고 바로 욕조 덮개 위에 올라갈 때도 있고 어리둥절한 얼굴로 아내 품에 안겨 있을 때도 있다.

"착하지, 우리 노라는 참 착하지."

아내가 노라를 안고 부엌과 복도를 이리저리 걷는다. 얼굴을 가까이 가져가면 볼을 핥는다. 저를 안고 있는 아내의 손목을 가볍게 깨물기도 한다. 그럴 때 내가 얼굴을 들이밀면 까끌까끌한 혀로 내 볼까지 핥아준다.

우리 집은 몇 년 전부터 해가 저물어 어두워지면 문을 걸어 잠근다. 간혹 닫힌 문을 두드리거나 빗장을 비트는 손님이 있다. 올해 2월 초, 절분 바로 전날 문기둥에 도자기 문패를 박아 넣고 이렇게 썼다.

'사시사철 해 저물면 문 닫음. 그 후로는 급한 용무 외엔 문 두드리지 말아주시길.'

마지막 문장을 '고양이 외에는 문 두드리지 말아주시길.'이라고 쓰려다가 말았다. 노라는 밤에도 드나들지만 문을 두드리거나 빗장을 비틀 필요가 없다. 서재 창으로 올라와 나를 불러도 되고, 문으로 들어올 땐 문을 기어올라 우편함을 밟고 담으로 올라간 다음 화장실 앞 울타리 문으로 와서 아내의 기척이 느껴질 때 야옹야옹 울어도 되며, 늘 드나드는 부엌문으로 돌아와서 몸으로 문을 콩콩 밀어도 된다. 언제든 바로바로 열어준다.

차가운 바람이 겨울비를 흩뿌리던 밤, 노라가 말리는 아내의 말을 한사코 듣지 않고 밖에 나간 적이 있다. 그러고는 좀처럼 돌아오질 않았다. 열두시가 지나도 한시가 지나도 깜깜무소식. 아직 안 왔을까 싶어 부엌문을 열어보았더니 몸이 꽁꽁 얼어붙을 듯한 비바람이 들이닥쳤다. 그날 밤 나는 평소처럼 늦은 시간까지 깨어 있었지만 결국 돌아오지 않았다. 밤새 돌아오지 않은 건 그때가 처음이다.

노라는 날이 밝은 후 부엌에서 아내가 인기척을 내자 곧바로 돌아왔다. 어디에 있다 왔을지 아내와 이야기해보았지만 알 수 없었다. 세차게 내리는 비를 피해 차양 한구석이나 툇마루 아래에 숨어 있었을지도 모른다. 아무리 추워도 그땐 그렇게밖에 할 수 없는 고양이 나름의 이유가 있었으리라.

2

3월 27일 수요일

맑음. 아침에 얼음이 얼어 난로 켬.

오후 세시에 일어나 네시 전에 이부자리에서 나옴. 어젯밤엔 새벽 두시가 넘어 잠들었는데, 오늘 아침 여섯시부터 아홉시까지 잠을 설치다가 그 후에 깊이 잠들어 이렇게 늦어졌다.

3월 28일 목요일

맑고 때때로 구름. 저녁에 난로 켬. 저녁부터 비가 내리더니

밤에는 폭우.

노라가 어제 낮부터 돌아오지 않는다. 하룻밤 돌아오지 않은 적은 있지만 이튿날 아침엔 돌아왔다. 오늘은 오후가 될 때까지 돌아오지 않는다. 너무 마음이 쓰이고 혹 이제 돌아오지 않는 게 아닐까 싶어 가엾은 마음에 온종일 눈물이 멈추지 않는다. 다 끝내지 못한 일도 걱정이 되지만 도통 손에 잡히질 않는다. 일에 신경 쓸 수가 없다. 그것보다는 이렇게 울다간 몸을 해치겠다 싶은 생각이 든다. 새벽 네시까지 노라를 기다렸다. '노라야, 돌아왔구나. 대체 어딜 갔던 게야.' 돌아오면 그렇게 말해주고 싶은데. 밤부터 빗발이 거세어지더니 야심한 시간이 되자 정원 징검돌이며 부엌문 앞 디딤돌에서 물보라가 일 정도로 폭우가 쏟아져 고양이가 걷는 길은 떠내려갈 듯 흠뻑 젖고 말았다.

3월 29일 금요일
맑음. 저녁에 난로 켬.

아침이 밝아 날이 개어도 노라는 돌아오지 않는다. 노라 생각으로 머릿속이 가득 차서 오늘 하루 무엇부터 해야 할지도 알 수가 없다. 저녁 무렵 땅거미가 져도 돌아오지 않는다. 아무 일도, 심지어 앉은 자리 정리정돈조차 할 수가 없다. 새벽 세시까지 서재 덧문을 열어두고 창문 장지에 비칠 고양이 그림자를 기다렸지만 노라는 돌아오지 않았다. 잠들 때까지 귀를 바짝 세우고 노라 목소리를 기다렸는데 그것도 부질없는 짓이었다.

그저께 27일에 노라가 집을 나갔을 때의 상황을 아내에게 다시 들었다. 나는 그날 오후 세시쯤까지 잤는데, 내가 자는 사이 정오 무렵엔 아내가 부엌에서 노라를 안고 있었다고 한다. 그때 노라는 전날 밤 남겨둔 스시집 계란말이를 받아먹었다. 욕실에 들어가 잠깐 자다가 두시쯤 별채에서 바느질하는 아내 근처로 오더니 마룻바닥에 앉아 한쪽 발을 다다미 위에 올려 전에 없이 쭉 뻗고는 아내 얼굴을 보면서 야옹야옹 큰 소리로 울었다. "나가려고?" 아내가 몸을 일으키며 말하자 제가 먼저 앞장서서 문 앞으로 내려가 아내를 기다렸다. 아내는 문을 열기 전에 노라를 안아 올려 품에 안은 채로 밖으로 나갔고, 빨래 너는 쪽으로 가겠거니 싶어 그 방향으로 한두 걸음 옮겼더니 노라가 뒤를 보며 반대 방향으로 가고 싶어 하는 눈치라 안은 채로 그쪽으로 향했다. 화장실 앞 울타리 문 부근에서 노라가 늘 타고 다니는 담 위에 올려주려 했는데, 노라가 답답하다는 듯이 아내 손에서 빠져나와 아래로 내려왔다. 그러고는 담 밑으로 빠져나가 속새 수풀을 헤치고 그 너머로 가버렸다고 한다.

3월 30일 토요일
살짝 흐린 후 흐리고 바람. 해 뜰 무렵 비.
어젯밤엔 세시쯤 자리에 누웠는데 도무지 잘 수가 없었다. 노라 걱정으로 가만히 있기가 힘들어 다섯시에 일어났다.
노라가 둑에서 죽어 있진 않을까 싶어 일곱시 반쯤 아내가 보러 갔지만 아무것도 없었다. 계란주를 마시고 눈을 붙였다가 오후 세시 반에 일어났다. 노라는 돌아오지 않았다.

내가 매일같이 울며 외로워하니 아내가 사람들에게 교대로 와달라고 해서 함께 밥을 먹는 게 어떻겠냐고 한다. 그러고픈 마음이 들어 오늘은 히라야마 군*에게 와달라고 했다.

식사를 하고 술을 마시는 동안엔 시름을 잊었지만, 히라야마가 돌아가자 시간이 이리 늦었으니 오늘 밤에도 노라는 돌아오지 않으리란 생각이 들었다. 가엾고 외로워서 견디기가 힘들다.

돌아오지 않는 노라 생각으로 머리가 가득 차서 끝내지 못한 일을 생각할 여력도 없고, 이런 상태가 계속된다면 내 몸이 버텨내지 못할 것이다. 하지만 아무리 애를 써도 스스로 절제할 수가 없다. 차라리 앞으로는 내 몸이나 일 생각은 제쳐두고 그저 노라가 돌아오기만을 기다리기로, 또 돌아올 수 있게끔 찾아다니기로 했다. 그편이 마음 편할 것이다.

3월 31일 일요일
맑고 바람.

어젯밤엔 세시에 누웠지만 역시나 잠들지 못하고 네시쯤 일

* 우치다 햣켄의 제자 히라야마 사부로(1917~2000). 우치다 햣켄이 국철 기관지 편집자로 일하던 히라야마에게 자신이 재직 중이던 호세이 대학 문학부 입학을 권유하고 학비 전액을 지원하면서 인연이 시작되었다. 우치다 햣켄이 가장 총애하던 제자로 한평생 가족처럼 친밀한 관계를 유지하며 지냈다.

어나 앉았다. 작은 소리 하나하나에 신경이 쓰여 혹 노라가 돌아온 게 아닐까 일어나서 확인하러 간다. 바깥 고양이들 울음소리가 귓전을 맴돌아 정신이 피로하다.

오시즈 씨는 우리 집에 오는 생선 장수에게 새끼 전갱이가 없을 때 가끔 다른 곳에서 사다준다고 전에 썼던 구청 직원으로 미망인이다. 오시즈 씨에게 근처 짚이는 곳을 찾아봐달라고 부탁했다. 아내가 노라와 절친하던 줄무늬 고양이를 키우는 구두가게에 상황을 물으러 다녀왔지만 알아낸 것은 없다. 어제 아침에도 둑을 확인하러 가다가 구두가게에 들렀는데, 그 집 줄무늬 고양이가 나흘간 집에 들어오지 않다가 오늘 아침에야 돌아왔다는 이야기를 듣고 왔다. 걱정이 많으시죠. 그때 남편분도 아주머니와 함께 나와서 그렇게 말해주었다고 한다. 그렇게 말해주는 친절한 마음이 참 고맙다. 하지만 고양이 일로 그런 인사를 받는 게 조금은 이상하기도 하다.

오늘도 덧없이 기다리기만 하다가 또 저녁이 되어 어둠이 내렸다. 기분을 바꿔보려고 해도 눈물이 흘러 멈출 줄을 모른다. 28일부터 내내 너무 울어서 콧물을 닦느라 코끝이 하얗게 일어나고 껍질이 벗겨졌다. 고양이 일로 여기저기 전화를 걸어 의견을 묻고 있는데, 오늘 밤엔 야라이에 사는 모 씨와 오모리에 사는 모 여사님이 이것저것 가르쳐주었다.

생사도 알 수 없는 노라에게 혹 들릴까 싶은 마음에 서재나 화장실 창문을 아무 이유도 없이 부러 소리 내어 여닫는다. 밖을 이리저리 내다보다가 근처에 노라가 없으면 눈물이 난다.

어쩌면 곧 돌아올지도 모른다고 생각하는 건 고양이를 좋아하고 고양이를 키운 적이 있는 집에 물으면 다들 입을 모아 반드시 돌아온다고 말하기 때문인데, 나도 정말 그렇게 믿고 싶다. 하지만 나중이 아니라 지금 당장 돌아와야 한다. 늘 하듯이 부엌문에 몸을 부딪치면서 야옹야옹 울든지, 밤중이라면 중간방에서 일하는 나를 수없이 일으켜 세웠던 그때처럼 서재 창으로 와서 귀여운 목소리로 야옹야옹 부르든지, 아니면 화장실 창문 밖 울타리 문기둥을 타고 올라와 야옹야옹 울든지. 왜 오늘 밤엔 늘 하듯 그렇게 돌아오지 않는 건지. 그런 생각이 들어 다시 서재 창문을 열어본다. 새벽바람만 불어 들어올 뿐, 노라는 없다.

어느 제약회사에서 보내준 신경안정제 견본품을 먹고 잠을 청해볼까 싶다가도, 그 약이 잘 들어 깊이 잠들면 노라가 돌아와도 그 소리를 듣지 못할까 싶어 망설여진다.

4월 1일 월요일
맑음. 난로를 켬.

노라는 아직 돌아오지 않았다. 사람들에게 들은 이야기나 이웃집 고양이들의 상황 등으로 짐작건대 어쩌면 무사히 돌아올지도 모른다. 하지만 평소 노라의 습성이나 먹는 음식을 생각해보면 그것도 의심스러워진다. 우리가 아무리 걱정을 해도 고양이에겐 고양이만의 사회가 존재하리라고 믿고 싶다. 최근 들어 그렇게 생각하려고 노력 중인데, 그러려면 일단은 먼저 노라가 무사해야 한다. 그걸 알 수가 없으니 걱정이다.

오늘도 저녁이 되었지만 여전히 노라는 돌아오지 않는다. 창문 여기저기에서 에헴, 에헴, 헛기침을 한다. 노라가 내 헛기침 소리를 듣고 돌아오진 않을까.

오늘 밤엔 조금 일찍 잘 생각이었지만 역시나 마음대로 되지 않았다. 새벽 세시까지 노라의 울음소리, 기척 소리를 기다렸다. 일할 때라면 세시가 특별히 늦은 시간은 아니지만, 이젠 하루 온종일 하는 일 없이 그저 노라를 기다리다가 밤이 깊어지면 외로이 베개에 머리를 누인다. 지금쯤 노라는 어디에 있을까. 그 어리둥절한 얼굴을 하고서 무얼 하고 있을까.

4월 2일 화요일

맑음. 저녁에도 맑음.

어젯밤엔 세시에 잠들어 다섯시에 깼다. 머리카락처럼 가늘고 희미한 목소리로 야옹야옹 우는 노라 목소리가 들린 것 같았다. 잘못 들은 걸까 싶어 다시 귀 기울여보니 또 한 번 같은 울음소리가 들리는 것 같아서 일어나 부엌문을 열어보았다. 이미 동이 튼 후라 군데군데 잿빛 그늘은 남았어도 사위가 훤히 내다보였다. 노라는 없었다. 그때부터 잠들지 못했다.

이상하게 집 주위에 다른 집 고양이나 길고양이가 한 마리도 보이지 않는다. 고양이의 기척이 다 사라졌다. 불에 덴 듯 울어대던 암컷 한 마리도 어딘가로 가버렸다. 아내는 노라가 나가는 게 딱 하루만 늦었더라면 이 암컷에게 구애하느라 멀리 가진 않았을 거라며 안타까워했다. 그 암컷도 사라지고 없다.

오늘도 해 저물고 밖이 어두워져도, 자정이 넘어 세시가 되어도 노라는 돌아오지 않는다. 집에서 나간 지 오늘로 벌써 일주일째다.

4월 3일 수요일
맑고 잔잔한 바람. 난로를 켬.

오늘도 또 모기 울음소리 같은 목소리로 야옹야옹 우는 소리가 들리는 것 같아 다섯시에 잠이 깼다. 자세히 들어보니 울음소리가 아주 규칙적으로 반복되기에 왜인지 노라는 아니리라는 생각이 들었다.

노라와 같은 날 사라진 동네 채소 가게 고양이도 아직 돌아오지 않았다고 한다. 그런 이야기에 한 가닥 희망을 품는다. 저녁께 날이 어두워지기 시작하면 다시금 견디기 힘들어진다. 환하든 어둡든 고양이에겐 다를 것도 없겠지만 내 기분상 밤은 더 서글프다. 창문에 그림자가 드리우고 부엌문에서 소리가 나길 기다리며 밤술을 들이켠다. 열시 반이 되면, 이 시간쯤이 방과 복도 경계에 와서 앉아 있던 노라를 생각한다. 그 모습이 눈에 선하다. 사람이 신는 슬리퍼를 차지하고 그 위에 앉아이내 꾸벅꾸벅 졸곤 했다. 그러다가 곧 무릎을 접어 넣고 잠에 빠진다. 사람 드나드는 기척에 잠이 깨면 크게 하품을 하곤 네다리를 쭉 뻗어 기지개를 켠다. 지금은 그런 얼굴로 어디에 있는 어떤 곳에서 졸고 있을까.

4월 4일 목요일
맑음.
어젯밤엔 새벽 네시가 넘어 자리에 누웠는데 아침 여섯시쯤
겨우 잠들었다. 잠드는 순간까지 노라 생각으로 몹시 괴로웠
다. 이래서야 몸이 버텨내질 못할 것이다. 낮 동안 계속 자다가
네시가 지나 일어났다. 저녁에 히라야마에게 전화가 왔는데,
노라는 고양이 장수에게 잡혀갔을지도 모른다며 술집 아저씨
가 그러더라고 한다. 이제껏 그런 생각을 안 해본 것은 아니지
만 막상 그 말을 들으니 다시 슬퍼져서 날이 어두워질 때까지
소리 내어 울었다. 도대체 무슨 근거로 그런 말을 하는 건지.
이 멍청이, 내가 이미 죽은 고양이를 여태 찾아 헤매고 있단 말
인가. 그럴지도 모르지만, 그런 확실하지도 않은 말을, 그걸 모
를 리 없는 지금의 내게 전해서 무얼 어쩌겠다는 건지.
　마음이 쓸쓸해 세이베에 씨에게 와달라고 부탁하려 했지만
전화를 받지 않았다. 그러다가 나중에 연락이 닿아 열시가 넘
은 시간에 와주었다. 새벽 두시쯤 그가 돌아가고 나니 다시 마
음이 쓸쓸해져, 늘 노라가 자는 둥 마는 둥한 얼굴로 방과 복도
사이에 앉아 있던 모습을 떠올리곤 도저히 참을 수가 없어서
또 한참을 울었다.

4월 5일 금요일

맑다가 흐리고 해 조금 비침. 난로 켬.

무언가를 할 기력도 없고 앉은 자리 주위의 물건을 옮기는 일조차 성가시다. 노라는 지금 어디에 있을까. 집에 돌아오지 못하게 된 것일까.

노라는 집에 돌아오면 부엌에서 집 안으로 올라와 곧장 방 미닫이문 앞까지 온다. 지나는 길에 전갱이와 우유가 놓여 있지만 일단은 이쪽으로 와서 얼굴을 비치고 야옹 소리를 낸다. '다녀왔어요.' 하고 내게 인사하는 것이리라.

미닫이문이 닫혀 있어 안이 보이지 않아도 노라는 그 순서를 생략하지 않는다. 미닫이문에 얼굴이 부딪힐 정도로 다가왔다가 돌아간다. 그런 다음 전갱이와 우유가 있는 곳으로 간다.

떠올리지 않으려 해도 무심코 떠올리게 된다. 오늘은 날이 어두워질 때쯤 히라야마가 와주기로 했다.

4월 6일 토요일

맑음.

이제 노라가 돌아올 가능성은 희박해진 듯하다. 노라가 나간 그 이튿날 밤에 내린 폭우가 못내 원망스럽다. 그 비로 길이 젖는 바람에 돌아오지 못하게 되어 그대로 길 잃은 고양이가 된 것은 아닐까. 배가 고파져서 어디 낯선 집 부엌문으로 들어가늘 하듯 야옹야옹 울며 그 집 주인에게 먹을 것을 조르고 있는 게 아닐까. 그런 생각을 하면 가여워 견딜 수가 없다. 저녁에 히라야마와 고바야시가 오고 뒤이어 세이베에도 왔다. 다들 나를 위해 식사 자리에 함께해주었다.

『아사히 신문』의 안내 광고란에 고양이를 찾는 광고를 낼 생각이다. 그 문안을 만들었다.

길 잃은 고양이.
고지마치 부근, 흰색 바탕에 연갈색 얼룩무늬.
꼬리는 두툼하고 끝이 휘었음.
짚이는 곳이 있는 분은 연락 바랍니다.
고양이가 돌아오면 소소하지만 사례금 3천 엔을 드립니다.
전화 33abcd.

4월 7일 일요일
맑음.
아침 여섯시쯤 창문에서 무슨 소리가 난 것 같았다. 바로 일어나서 확인했지만 노라가 돌아온 게 아니었다.

낮에 내가 잠든 사이에 히라야마와 기쿠시마가 근처 이곳저곳을 찾아봐주었다.

노라가 욕조 덮개 위에서 잠들어 있을 때 늘 가서 머리를 쓰다듬고 턱 밑을 긁어주던 일을 몇 번이고 떠올린다. 노라야, 노라야, 노라야, 내가 부르면 목 안에서 골골 소리를 내며 턱을 쭉 내민다. 노라 머리에 얼굴을 대고 노라야, 노라야, 노라야,

부르면서 이제 헐고 없는 예전 헛간 지붕에서 막 내려왔던 무렵을 떠올리면 아주 못 견디게 사랑스러웠다. 어쩌면 노라는 이제 돌아오지 않는 게 아닐까.

히라야마와 기쿠시마가 어제 써둔 안내 광고의 원고를 아사히 신문사에 가져가는 길에 근처 단골 이발소에 들러 같은 문구의 벽보를 붙여달라고 부탁하기로 했다.

두 사람이 그 일로 나가기 전에 모르는 여자아이 둘이 와서 고양이 소식을 알려주었다. 아까 길에서 부탁해둔 덕분이다. 또 어느 아주머니 한 분이 와서 근처 반초 소학교 앞 공터에 닮은 고양이가 죽어 있다고 알려주었다. 아내가 기쿠시마와 함께 바로 보러 갔지만 노라가 아니었다고 한다.

히라야마와 기쿠시마는 나갔다가 저녁께 돌아왔다. 신문에 광고가 실리는 건 4월 10일이라고 한다.

함께 상 앞에 앉았다. 술을 마시다가도 무언가에 이끌리듯 또 욕실에 가고 싶어지고, 가면 어김없이 눈물이 터진다. 노라가 나간 지 벌써 열흘 남짓. 원래는 매일 밤 들어가던 욕조에 아직 한 번도 들어가지 않았다. 욕조 덮개 위에는 노라가 자던 방석과 덮는 이불로 쓰던 보자기가 그대로 있다. 그 위에 이마를 대고 거기 없는 노라를 부르기 시작하면 노라야, 노라야, 노라야, 하고 멈출 수가 없다. 이제 그만하자고 생각하면서도 또 부르고 싶어져서 이마를 방석에 대고 노라야, 노라야, 부른다. 멈춰야 함을 알지만, 거기 없는 노라가 사랑스러워 멈출 수가 없다.

꼴사나우니 우는 얼굴을 감추고 싶지만 다 감추지 못한 채로 다시 두 사람 앞에 돌아간다.

4월 8일 월요일
맑음.
아침 다섯시 반, 정원에서 수컷 고양이가 싸우는 소리에 잠에서 깼다. 그중 한 녀석의 목소리가 노라와 꼭 닮아서 노라가 돌아왔나 싶어 아내도 자다가 일어나 확인하러 나갔다. 담 위에 두 마리가 있었는데 노라는 아니었다.

오후 두시쯤 일어났다. 깨기 직전 꿈에서 노라를 안고 있었는데, 노라는 꼬질꼬질 때가 탄 두 발을 앞으로 내밀어 꼭 어린아이가 하듯이 아내에게 가려고 했다. 계속 그 꿈의 여운이 가시질 않아서 나중엔 꿈이 아니었던 것 같은 기분마저 들었다.

네시 반쯤 아내가 부엌에 있을 때 쉰 목소리로 두 번 야옹야옹 우는 소리가 들려서 황급히 밖으로 나가 주위를 살펴봤지만 고양이는 없었다고 한다. 먹지도 마시지도 못하면 그런 목소리가 될 것이라고 했다. 마음에 걸려 나도 정원으로 나가 둘이 함께 구석구석 찾아보았지만 없었다.

저녁에 기쿠시마와 고바야시가 왔다.

어렸을 때 노라는 헛간 문의 작은 구멍으로 드나들곤 했다. 음식을 거기로 가져다주고 귤 상자에 잠자리를 만들어주던 때를 떠올린다. 가을 날씨가 점점 쌀쌀해져 작디작은 노라가 감기에 걸리자 딱하다고 수선을 떨며 치료해주었다. 그때 아내가 노라를 품에 안고 지냈던 것을 계기로 노라는 우리 집에서 살게 되었다. 지금 노라는 어디에 있을까. 노라를 기다리다가 노라가 돌아오지 않은 채로 매일 밤 잠들어야 하는 것이 괴롭다.

노라가 늘 나가 놀던 정원은 어제오늘 꽃이 한창이다. 노라는 정원 밖으로 잘 나가지 않았으니 만약 있었다면 꽃을 흩뜨리며 이리저리 뛰놀았으리라. 가을벚나무는 요 며칠 전에 꽃을 피웠고 왕벛나무도 막 꽃을 피우기 시작했다. 앵두나무, 조팝나무, 산당화, 황매화, 복숭아꽃도 벛꽃과 함께 피어나기 시작했다. 그 외에도 막 싹이 튼 버드나무, 낙엽송의 새싹 등, 아내가 일일이 내게 알려준다. 아주 성가시다. 무심코 눈을 들어 정원 가득 흐드러지게 핀 꽃을 바라보면 어쩐지 웩웩 구역질이 올라올 것만 같다.

내가 너무 기운이 없으니 아내도 힘에 부치는 모양이다.

"꼬리도 막 잡아당기고 뒤집어 놓고 괴롭히고, 늘 못살게만 굴어서 그렇게까지 아끼는 줄은 몰랐네."

아내가 그렇게 말했다.

4월 9일 화요일

맑음.

어젯밤엔 새벽 네시쯤 잠자리에 들었는데 설핏설핏 졸기만 하다가 결국 잠들지 못하고 누운 채로 욕실 방석 위에 있는 노라를 품에 안는 생각만 했다. 일어나서 욕실로 가고 싶은 것을 간신히 참았다.

이제 정신을 차려야 한다. 오늘로 14일째다. 얼마 못 가 몸에 탈이 날 게 분명하다.

저녁에 히라야마 옴. 고지마치 부근의 이발소와 미용실에 붙일 벽보의 문안을 오늘 아침에 전화로 불러주었는데 그걸 작은 종이에 써서 몇 장 가져왔다. 내용은 다음과 같다.

고양이를 찾습니다.
고양이가 있을 만한 지역은 고지마치 부근. 3월 27일에 실종. 수컷. 연갈색 얼룩무늬에 흰색 털이 많음. 꼬리 끝이 살짝 휘어 만지면 알 수 있음. 코끝에 옅은 얼룩이 있음. 왼쪽 볼 윗부분에 사람의 손 끝마디 정도 털이 빠진 흔적이 있음. '노라야' 하고 부르면 바로 대답함. 짚이는 곳이 있는 분은 아무쪼록 연락 부탁드립니다. 고양이가 무사히 돌아오면 소소한 사례금으로 3천 엔을 드립니다.
전화 33abcd.

한시쯤 히라야마가 돌아간 후, 더는 이것저것 생각지 않겠노라고 마음먹었건만 무심코 또 머릿속에 떠올라 눈물이 멈추지 않는다. "착하지, 우리 노라는 참 착하지." 아내가 부엌에서 노라를 안고 노래하듯 말하며 이리저리 걸으면 노라는 어리둥절한 얼굴로 안겨 있었다. 그 사랑스러운 모습. 떠올리면 괴롭다.

4월 10일 수요일
맑음. 난로 켬. 밤에 가랑비.

새벽 두시가 넘어 잠들었다가 네시 반쯤 무슨 소리가 들려 잠에서 깼다. 아직 밖은 어둡겠지. 매일 해 질 무렵과 새벽 이 맘때가 가장 괴롭다.

저녁에 히라야마와 기쿠시마 옴. 근처 신문 배달소에 전단지 광고에 관해 물어보러 갔다가 얼마 전 벽보를 부탁하러 갔던 단골 이발소에 들러 어제 히라야마가 써 온 글을 근처 모든 이발소에 돌려달라고 부탁하고 왔다.

신문의 안내 광고는 아무런 관계없는 범위까지 퍼질 뿐 효과가 떨어지니 이번엔 근처를 도는 신문 배달소에 전단지 광고를 내볼 생각이다.

잡지 『주간신조』의 공고란에도 내볼까 잠시 생각했지만 그건 관뒀다.

4월 11일 목요일
흐리고 바람.

어젯밤엔 계속 깨어 있다가 아침 다섯시 반에 날이 밝고 나서야 잠들었다. 잠자리에 들기 전부터 어쩐지 노라가 돌아올 것만 같은 느낌이 들었다. 오후 두시에 일어났고, 저녁엔 어김없이 노라의 행방에 관해 생각했다. 서재 창문을 열고 노라야, 노라야, 불러본다. 살랑살랑 바람만 불어올 뿐 노라는 없다.

밤이 깊어 이제 자야만 한다. 잠들기 전이면 노라가 곁에 없다는 사실을 견디기 힘들어진다. 지금쯤 어찌 지내고 있을까 생각하면 눈물이 멈추질 않는다.

4월 12일 금요일

흐린 후 봄비. 밤부터 폭우.

낮 동안 계속 자다가 저녁께 일어나서는 어제에 이어 계속 같은 장면 하나만 곱씹는다. 아내가 노라를 안고 방 미닫이문을 열어 노라를 보여준다. 노라는 나를 볼 때도 있고 딴 데를 보며 모른 체할 때도 있다. 딴 데를 보면서도 내가 노라야, 하고 부르면 아내 앞치마에 늘어뜨린 꼬리 끝을 계속 움직이거나 꼬리로 앞치마를 톡톡 두드린다. 그 모습을 떠올리고는 또 하염없이 곱씹는다. 오늘로 17일째. 센티멘털하다든지, 너무 호들갑스럽다든지, 단념할 줄 모른다든지, 여러 가지로 생각해보지만 도무지 이 기분을 떨쳐낼 수가 없다. 이건 병이라는 생각이 들기 시작했다. 어젯밤에 아내와 그렇게 결론 내리고 오늘 아침 일찍 고바야시 박사님에게 치료를 부탁했다. 고바야시 박사님이 모레 내진을 올 예정이다.

저녁에 히라야마가 오고 뒤이어 고바야시 군도 옴. 고바야시 군에게 신문 전단지 광고의 인쇄를 부탁하고 원고를 건넸다. 문안은 4월 9일 이발소에 붙인 벽보와 동일하지만 마지막에 다음과 같은 내용만 추가했다. 매수는 3천 장.

고지마치 부근에서 까만 암컷 고양이를 키우시는 분께 부탁 말씀드립니다.

수고로우시겠지만 오른쪽에 적힌 전화번호 33abcd로 연락 한 번 부탁드립니다. 그 까만 고양이를 따라 나간 것으로 추정됩니다.

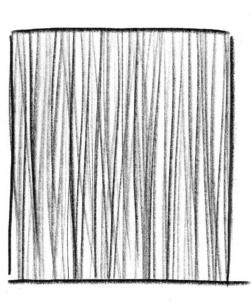

두 사람이 돌아가고 잠자리에 들기 전, 그러지 말자 생각하면서도 참지 못하고 욕실에 들어가서 노라 없는 방석에 얼굴을 대고 노라야, 노라야, 부른다. 예전 헛간 지붕에서 졸래졸래 내려오던, 참 작던 노라의 모습이 눈에 보이는 듯하다.

4월 13일 토요일

흐리고 해 조금 나다가 흐림. 밤새 비. 자정 무렵 빗발이 강해짐.

저녁에 히라야마 옴. 매일 와주니 미안할 따름이다. 그래도 아직 혼자 밥상 앞에 앉을 용기가 없다.

노라는 얼굴이 아주 귀여워서 사진으로 찍어둘까 생각한 적이 있다.

이렇게 사라질 줄 알았더라면 사진이라도 찍어둘 것을.

하지만 사진 따위 없어서 다행이라는 생각도 든다.

4월 14일 일요일

맑고 바람.

새벽 네시쯤 눈을 떠서 다시 잠들지 못했다. 서재 창에서 무슨 소리가 나는 것 같았다. 하지만 늘 한 번으로 그칠 뿐 더는 나지 않으니 노라는 아니리라고 생각한다. 어쩌면 불어온 바람이 어딘가를 스쳐 지나는 소리일지도 모른다.

저녁께 고바야시 박사님 내진. 최근 증상을 자세히 설명해두었다.

밤에 히라야마 옴. 잠들기 전에는 또 노라가 지금쯤 그 얼굴로 어디서 잠들어 있을까 생각한다. 혹은 잠에서 깨어 어슬렁거리고 있을까.

노라가 방에 있는 나를 보면서 복도 기둥이나 벽, 아내가 지나갈 땐 아내 발에 몸을 부비며 애교를 부리던 모습이 눈앞에 떠오른다.

4월 15일 월요일

맑음.

노라의 양 어깨에 끈을 묶어 매어둔 곳에 아내가 가니 노라가 아내를 보며 야옹야옹 하염없이 운다. 어젯밤 잠들기 전 비몽사몽간에 그런 생각을 한 것인지 아니면 잠든 후에 꾼 꿈인지 잘 모르겠다.

오늘은 욕조를 정리하기로 했다. 아내라도 들어갈 수 있게끔 할 생각이다. 그러기 위해 욕실에 있는 노라 방석을 치우라고 했다. 노라가 사라진 후로 원래 매일 밤 들어가던 욕조에도 들어가지 않고 20일간 얼굴 한 번 씻지 않았다. 오늘은 얼굴만이라도 씻을 생각이다.

저녁 무렵, 화장실 앞 담 위에 노라와 닮은 고양이가 있었다. 아니라는 건 알지만 가만 들여다보니 많이 닮은 듯했다. 마르고 볼품없지만 노라도 이미 그만큼 말랐으리라는 생각도 들었다. 너무 신경이 쓰여 아내에게 쫓아버리라고 했는데, 옆집 정원으로 내려가는 뒷모습을 보니 꼬리가 짧기에 노라가 아님을 확신했다.

밤에 세수를 하고 나오니 세이베에가 왔다.

늦은 시간 세이베에가 돌아간 후 생각한다. 지금쯤 노라는 돌아오고픈 집으로 돌아올 수 없는 상황에 처한 게 아닐까. 고양이는 집을 따르고 개는 사람을 따른다고 한다. 그래서 고양이는 이사를 해도 원래 집에 남고 불이 나면 집 안에 들어가 불에 타 죽는다고도 한다. 노라도 돌아오고 싶을 게 분명하다. 하지만 돌아올 수 없는 어딘가에 있는 것이리라. 눈물 때문에 얼굴이 뜨거워졌다.

4월 16일 화요일
아침에 살짝 흐리고 오후에 흐림.

어젯밤 세시에 잠들었다가 네시 반에 눈을 떴다. 새벽에 잠이 깨면 머릿속이 온통 노라 생각으로 가득 차서 괴롭다.

저녁에 히라야마 옴. 함께 근처 이발소로 가는 길에 노라의 흔적을 찾아보았다.

자정 넘어 히라야마가 돌아간 후, 늘 오는 볼품없는 암컷 고양이가 유리창 너머 정원에서 우는데 목소리가 앳되고 울음소리도 노라와 비슷해 영 신경이 쓰여서 저건 노라가 아니야, 하고 단념할 수가 없었다. 아내를 불러서 가보라고 했다. 노라가 아니라서 쫓아버리고 왔다고 한다.

자기 전에 또 욕실로 들어가 이미 노라의 방석을 치운 욕조 덮개에 얼굴을 묻고 노라야, 노라야, 부르는데, 헛간 지붕에서

내려오던 모습이 선연히 떠올라 눈물이 멈추질 않는다. 오늘
자 각 석간신문마다 12일에 써둔 전단지를 넣었다.

4월 17일 수요일

흐리고 비 오다가 흐림. 쌀쌀한 바람. 난로를 켬.

아침 다섯시 반, 갑자기 폭우가 쏟아졌다. 소낙비였던 모양
이다. 만약 노라가 밖에서 자고 있다면 노라의 두 귀가 흠뻑 젖
었으리라. 예전엔 빗소리를 참 좋아했는데 이젠 그런 일들이
신경 쓰여 즐겁게 들을 수가 없다.

다시 잠자리에 들었다가 여덟시 반쯤 어제 돌린 전단지 광
고에 관한 전화가 와서 눈을 떴고, 꾸물거리고 있을 수 없어 벌
떡 일어났다. 기쿠시마에게 부탁해 전화를 걸어준 니쇼가쿠샤
대학 앞 어느 댁에 확인하러 가달라고 했다. 갔을 때 고양이는
없었다고 하는데 이야기를 들어보니 아무래도 노라 같아서 오
후에 다시 기쿠시마를 불러 아내와 함께 보냈지만 근처에 없
어 확인하지 못했다.

또 이치가야 역에서 호세이 대학으로 가는 둑길에 있는 어
느 댁에서도 연락을 주어서 바로 기쿠시마를 보냈지만 노라가
아니었다.

돌아오는 길에 다시 니쇼가쿠샤 대학 앞에 들렀다고 하는
데, 그 고양이는 목걸이를 차고 있었다는 그 댁 사람의 말에 노
라가 아님을 확인했다.

저녁께 욘반초의 어느 집에서 전화가 걸려 와 또 기쿠시마

를 보냈지만 노라가 아니었다.

그 후에 욘반초의 또 다른 집에서 전화를 주어서 이번엔 아내가 곧장 달려갔는데, 거긴 기쿠시마가 보러 갔던 집의 바로 옆집으로 노라가 아닌 아까 그 고양이가 담을 넘어온 것일 뿐이었다.

저녁엔 조치 대학 조리실에서 연락을 받았다. 마침 벽보 일로 단골 이발소에 가 있는 히라야마와 만나기로 하고 아내가 급히 뛰쳐나가 함께 조치 대학으로 갔지만 고양이는 없었다.

그 외에도 반초 소학교에서 어젯밤과 오늘 두 번 전화를 주었지만 그 역시 노라가 아니었다.

하루 종일 그러느라 진이 다 빠졌다.

4월 18일 목요일

맑음.

정오 무렵 걸려온 전화 소리에 잠이 깼다. 구청 소속의 히라카와초 출장소에서 온 전화로, 지난주 토요일인 13일에 고지마치 6초메 길거리에서 죽어 있던 고양이를 이번 주 월요일에 수습했다고 한다. 닮은 것처럼 보여서 어쩌면 그 고양이가 아닐까 해서 연락한다고 했다.

어쩌면 노라가 맞을 수도 있다. 하지만 지금껏 죽은 고양이도 보고 산 고양이도 봤지만 다 노라가 아니었다. 거기다 13일이라면 노라가 나간 지 18일째 되는 날이다. 아무래도 딱 들어맞지 않는다.

히라야마의 아내인 미치코 씨가 6초메로 가서 장신구 가게 주인에게 물었더니, 주인은 고양이를 좋아하는 사람이라 길거리에서 죽은 그 고양이도 보았다고 하는데 전단지에 적힌 고양이와는 달랐다고 한다.

히에 신사 아래에 있는 파출소 순경이 고양이를 찾는 인쇄물을 보더니 열두 장을 가져오면 인근 파출소에 붙여주겠다고 해서 미치코 씨가 남은 전단지를 가져가 전해주었다.

저녁에 다다 군이 집까지 데리러 와서 아내와 함께 히에 신사 근처 요릿집에 갔다. 고미야 씨가 부른 것이었다. 집은 오시즈 씨가 봐주었다. 그런데 오시즈 씨가 요릿집으로 전화를 걸어선 6초메에 있는 전당포에 닮은 고양이가 있는데 지금 안고 있으니 바로 확인하러 오라는 연락을 받았다고 한다. 아내가 동네 술집에서 일하는 아가씨에게 전화해 집을 봐달라고 부탁했고 그사이 오시즈 씨가 가서 확인했지만 노라가 아니었다.

그 자리에 동석한 호세이 대학 총장 오우치 씨가 자기도 수컷만 세 마리를 키우는데 한 달 정도 돌아오지 않는 건 예삿일이라며 반드시 돌아온다고 말해주어 무척 힘이 되고 기뻤다.

4월 19일 금요일
비 오고 흐림. 때때로 비.

노라는 아직 돌아오지 않았다. 자제하려고 하지만 이따금 생각이 나면 눈물이 멈추지 않는다. 어쩔 수가 없다.

어제 산케이 시사신문에 노라에 관한 짤막한 기사가 났다고 한다. 그걸 본 NHK에서 내일 낮방송에 노라 이야기를 내보내고 싶다며 허락을 구하는 연락이 왔다. 어쩌면 노라를 찾는 데 도움이 될지도 모른다는 생각에 흔쾌히 승낙했다.

저녁에 히라야마 옴. 자정이 다 되어 히라야마가 돌아간 후, 3월 27일 낮에 속새 수풀을 헤치고 나간 노라를 떠올리고, 더는 야옹야옹 울며 부엌문으로 돌아오지 않는다는 사실을 떠올리고, 아내가 "우리 노라." 하고 품에 안고 있던 모습을 떠올리니 한참 눈물이 멈추지 않는다. 자기 전에 욕조 덮개에 얼굴을 묻고 노라야, 노라야, 부르면서 마냥 울었다.

4월 20일 토요일

햇빛 조금 나고 흐림. 따뜻한 바람. 소나기.

NHK의 12시 30분 방송 〈이런 이야기 저런 이야기〉에서 노라에 관한 방송을 했다. 우리 집엔 라디오가 없지만 아는 댁에서 라디오에 전화 수화기를 대어주어서 들을 수 있었다.

오늘 밤엔 아무도 부르지 않고 혼자 저녁을 먹을 생각이었는데, 막상 일어나 보니 쓸쓸한 마음을 견딜 수 있을 것 같지 않아 또 히라야마에게 폐를 끼치기로 하고 아내가 대신 부탁해주었다.

저녁에 별채에서 히라야마를 기다린다. 오락가락 소낙비 내리는 정원 풍경이 참으로 아름답다. 기분 좋게 바라보고 있자니 땅거미 진 정원의 젖은 돌을 밟고 노라가 종종걸음으로 돌아올 듯한 기분이 들었다. 이렇게 젖은 정원이 아니라 화창하게 맑았던 3월 27일 낮, 노라가 이 정원 반대편으로 나가 담으로 올라갔으리라고 생각하니 정원을 바라보기가 힘들어져 아내에게 장지문을 닫아버리라고 했다.

뜨거워진 눈시울이 채 식기 전에 히라야마가 왔다.

자정 넘어 히라야마가 돌아가고 얼마 지나지 않은 12시 40분, 누군가에게 심야 전화가 왔다. 아내가 전화를 받았다. 상대방이 한 말은 나중에 아내에게 전해 들었지만 아내의 대답은 다 들렸다.

"선생님 기분은 좀 어떠신가요?"

"좋지 않네요."

"고양이는 돌아왔나요?"

"아뇨, 아직."

"이제 안 돌아와요."

"그런가요?"

"잡혀 죽어서 샤미센* 가죽이 됐을걸요."

"그렇군요."

"핫키엔* 할배, 나가 죽어버려."

그러고는 잠시 후에 말했다.

"하긴 저도 그런 말할 처지는 아니지만요."

아내가 대답이 없자 한참 말이 없다가 "그럼." 하고 먼저 전

• 가죽을 씌운 몸통에 비단실로 꼰 세 줄의 현을 친 일본 전통 현악기.

• 百鬼園. 우치다 핫켄의 필명. 수필을 쓸 땐 이 이름을 사용했다.

화를 끊었다고 한다.

술기운에 건 전화일 것이다. 하지만 술 취한 사람 입에서 마구잡이로 쏟아져 나오는 말만큼 진실 된 것은 없다. 우리가 이렇게나 걱정하는 고양이가 돌아오든 말든 그는 눈곱만큼도 관심이 없으리라.

4월 21일 일요일
맑음. 한밤중부터 비 내리기 시작함. 5월 장마인 모양.

아침부터 계속 야스쿠니 신사 경내가 마음에 걸렸다. 노라가 배회하고 있거나 혹은 거기서 죽은 게 아닐까. 다시 생각해보니 오늘부터 예제*가 시작되어 잠결에 불꽃 소리를 들었기 때문일지도 모르겠다.

일곱시쯤 잠에서 깨어 더 자야지 하면서도 잠들지 못하는 중에 이웃 사람이 노라 일로 집에 찾아와 벨을 눌렀는데, 울타리 문 앞에서 아내와 나누는 이야기가 못내 신경 쓰였다. 결국 잠들지 못하고 일어나 앉았다.

열시 십오분쯤 전화가 왔다. 처음엔 목소리가 잘 들리지 않았던 모양인데, 경찰서에서 온 전화라고 한다. 고지마치 5초메의 어느 집에 한번 가보라고 알려주었다. 또 4초메 파출소에서도 연락이 왔다.

아내가 서둘러 오시즈 씨에게 부탁하러 나갔다. 일요일이라

• 신사에서 1년에 한 번 지내는 가장 중요하고 성대한 제사.

오시즈 씨가 집에 있어 바로 확인하러 가주었다.

열한시 반쯤 오시즈 씨에게 전화가 왔다. 노라가 있다고 한다.

그 전화를 받은 아내가 전화기 앞에서 울음을 터뜨렸다. 울면서 말했다.

"노라 이 녀석, 그런 곳에 있었구나."

고양이 울음소리가 수화기를 타고 옆에 있는 내게까지 들렸다. 오시즈 씨가 지금 안고 있다고 한다. 안은 채로 전화를 걸었을 것이다. 오시즈 씨는 우리 대신 종종 집을 봐주었고 아내가 없을 땐 자주 노라를 안아주었기 때문에 오시즈 씨의 말이라면 틀림이 없다. 아내가 황급히 데리러 나갔다.

세상에 이렇게나 기쁜 일이! 기뻐 몸 둘 바를 모를 지경이었다. 찾아 헤매고 기다린 보람이 있었다. 이 기쁨을 무엇에 비유할 수 있으랴. 아내가 나간 후 전화기 앞에 혼자 앉아 기쁨의 눈물을 흘렸다. 눈물이 양 볼을 씻어 내렸다. 하지만 울어도 괜찮다. 눈물이 나도 상관없다. 좀처럼 경험해본 적 없는 기쁨의 눈물이다.

전부터 노라와 사이가 좋던 얼음집 아들이 마침 와 있었는데, 5초메는 지척이라 자전거로 보러 다녀와주었다. 얼음집 아들이 금세 돌아와서는 노라가 확실하다고 한다. 이제 정말 괜찮다.

히라야마에게 알려야겠다는 생각에 호출 전화로 연락했더니 미치코 씨가 받았다. 일요일이라 아이를 데리고 외출했다고 한다. 미치코 씨에게 노라를 찾았다고 말하려는데 기쁨의 눈물로 목이 메어 말을 이을 수가 없었다. 띄엄띄엄 노라를 찾았다는 말만 겨우 전했다.

이제 괜찮다, 내일부터, 아니 지금 당장 다시 일어설 수 있다. 경찰서에서 전에 알려준 그 집에는 가보았냐고 확인 전화를 주었다. 고양이를 찾는 전단지를 보고 수배를 해두었다고 한다.

아내가 지금 그 집에 데리러 갔다, 배려해주셔서 감사하다고 인사를 했다.

노라가 돌아오면 이번엔 바로 목걸이부터 달아야 한다. 밖은 자유롭게 돌아다니게 두고 싶지만 길을 잃었을 땐 어떤 표시가 있어야 한다. 목걸이에다 주소와 우리 집 고양이라는 사실과 전화번호를 써넣자.

아직 여기저기 알려야 할 곳이 많지만 오늘은 일요일이라 관청이나 회사가 다 쉴 테니 내일 하도록 하자.

좀처럼 돌아오지 않아 슬슬 걱정이 되기 시작했을 무렵, 아내가 전화로 노라가 아님을 알려왔다.

온몸에서 힘도 영혼도 다 빠져나간 기분이었다. 정신을 차리고 경찰서에 전화를 걸어 그 고양이는 노라가 아니었으니 수배를 취소하지 말아달라고 부탁했다.

히라야마에게 전화가 왔다. 노라가 아니었다고 알려주었다. 히라야마는 아이들을 데리고 시로키야 백화점에 갔었다고 한다. 미치코 씨가 달려와서 안내 방송으로 히라야마를 불렀는데, 그녀는 몹시 흥분한 상태였다고 한다. 할아버지가 집에서 기뻐 울고 있다고 전한 모양이다.

저녁에 히라야마 옴. 곧 이시자키도 왔다. 이시자키에게 내 손으로 소고기 전골을 만들어 먹이려고 전부터 생각했는데 오늘 실행에 옮겼다. 감정이 급격히 널뛴 오늘 같은 날이라 외려 더 좋았을지도 모른다.

그들이 돌아가고 난 후, 장마처럼 내리는 빗소리에 둘러싸인 채 찾지 못한 노라가 어디에 있을지 생각한다. 자기 전에 닫아둔 서재 창을 다시 열어 비 내리는 정원을 향해 노라야, 노라야, 불러보지만 들려오는 건 빗소리뿐.

4월 22일 월요일

비. 때때로 그쳤다가 다시 내림.

어젯밤엔 베개에 머리를 댄 순간부터 눈물이 멈추질 않아서 아이처럼 울다 잠들었다. 다 빗소리 탓이다.

낮 열두시 반쯤 반초 소학교 건너편에 있는 동네 어느 집에서 원래 까만 암고양이와 오다가 최근엔 다른 암컷과 함께 오는 고양이가 노라와 닮았다고 연락을 주었다. 아내가 바로 가보았지만 그땐 없어서 나중에 다시 가보기로 했다.

저녁에 이치반초의 어느 집에서 까만 암컷과 늘 함께 오는 고양이가 툇마루 밑에 있으니 확인하러 오지 않겠냐고 연락이 와서 아내가 곧바로 확인하러 갔다. 그러고는 좀처럼 돌아오지 않았다. 조금 걱정했지만 이내 돌아왔고, 그 고양이는 없었지만 그 집 정원에서 노라와 비슷한 울음소리를 한 번 들었다고 했다. 한 번만 더 들으면 알 것도 같은데 더는 울지 않았다고 한다. 다시 오겠다고 하고 집에 돌아왔다.

오늘 밤 상 앞엔 나 혼자, 함께해준 사람은 아내뿐이다.

4월 23일 화요일

비.

잠이 많이 부족하지만 다시 잤다가는 오늘 밤에 잠들지 못할 테고 거기다 비까지 내리니 또 괴로운 시간을 보내야 할 것이다.

저녁에 히라야마가 오고 곧 고바야시 군도 왔다. 오늘 밤엔 혼자가 아니니 그동안만은 어찌어찌 시름을 잊을 수 있다.

4월 24일 수요일

흐리고 때때로 가랑비. 밤비.

아침 다섯시에 눈을 뜨니 아내도 잠에서 깨어 방금 노라 꿈을 꿨다고 한다. 진열 찬장 같은 곳 앞에 노라가 있었는데 아내를 보더니 다급히 아내에게 오려 했다고 한다.

꿈은 그게 전부였지만 다급히 아내에게 오려고 했다는 게 딱해서 눈물이 멈추지 않는 바람에 더는 잘 수가 없었다. 너무 집요한 생각은 몸을 해친다는 것을 알지만 어쩔 수가 없다.

기쿠시마에게 전화를 걸어 점심시간에 그저께 갔던 이치반초의 그 집에 다녀와달라고 부탁해두었다.

노라가 집을 나간 지 오늘로 29일째. 이제나 돌아올까 저제나 돌아올까 애타게 기다리는 새 한 달이 흘렀다. 그래도 반드시 돌아오리라고 믿는다. 세상엔 그런 일이 수도 없이 많다고 들었다.

4월 25일 목요일
비. 때때로 그쳤다가 다시 내림.
이제 마음을 다잡고 정신을 분산시켜 평정심을 되찾고자 한다. 꼭 그래야만 한다. 하지만 노라를 위해 해야 할 일은 앞으로도 쉬지 않고 계속할 생각이다.
하루 종일 머리가 아프다. 저녁에 히라야마 옴.
이제 더는 생각하지 않으려고 했지만 또 두어 가지 기억이 떠올라 히라야마가 돌아간 후 한참을 울었다.

4월 26일 금요일
맑았다가 흐렸다가 맑았다가 흐렸다가. 밤에는 비.
오늘 아침도 어제처럼 마음이 괴롭고 눈물이 흘러 난처하다. 저녁이 가까워지고 완연한 밤이 오면 아주 사소한 일로도 툭하면 눈물이 나고, 노라가 늘 머물던 복도를 걷기만 해도 울고 싶어진다. 제일 곤란한 것은 빗소리.

4월 27일 토요일
비.

노라가 집을 나간 지 한 달째 되는 날은 이미 지나갔지만, 오늘은 그날과 날짜가 같은 27일이다.

열시쯤 노라와 닮은 고양이가 있다는 전화가 왔다. 기쿠시마를 바로 보내달라고 그가 일하는 곳에 연락해 부탁했다. 기쿠시마가 산반초 어느 집에 확인하러 갔지만 전혀 달랐다고 한다.

노라를 찾는 두 번째 신문 전단지가 완성되어 기쿠시마가 신문 배달소와 고지마치 경찰서, 늘 가는 이발소에 가져다주었다. 이번에도 인쇄 매수는 3천 장.

다시 한 번
길 잃은 고양이에 관한 부탁 말씀
고양이는 수컷. 이름은 '노라'. '노라야' 하고 부르면 대답을 합니다.
몸집은 큰 편. 3월 27일 실종되기 전까지는 5킬로그램 정도 나갔습니다.
동작이 느리고 도망치지 않음.
연갈색 얼룩무늬로 등에도 흰 털이 많고 배는 순백색.
꼬리는 두툼하고 긴 편. 끝부분이 갈고리처럼 휘었습니다.
보신 분은 아무쪼록 연락 부탁드립니다. 고양이가 무사히 돌아오면 소소한 사례금 3천 엔을 드립니다. 전화 33abcd.

"헤어진데도 이나바산 푸르른 소나무처럼 기다린다 하시면 내 곧 돌아오리다."＊ 전단지 테두리에 고양이가 돌아오는 주문이라는 이 시를 빨간색 볼록판으로 새겨 넣었다.

두 번째 전단지를 만들기 전, 4월 16일에 첫 전단지를 뿌린 뒤 근처 학교 아이들에게 나눠줄 등사판 인쇄물을 만들었다. 아이들이 볼 테니 젊은 기쿠시마에게 부탁해 요즘 표기법으로 써달라고 했다.

노라라는 고양이를 찾아주세요!
고양이가 있을 법한 지역은 고지마치 부근입니다. 연갈색 얼룩무늬에 흰 털이 더 많고, 꼬리는 두툼하고 끝이 살짝 휘어 만지면 알 수 있습니다. 코끝에 옅은 반점이 있습니다. 왼쪽 볼 위에 손 끝마디 정도 털이 빠진 흔적이 있습니다. '노라야' 하고 부르면 바로 대답합니다. 혹 이런 고양이를 발견하면 NKNK당 문구점으로 연락 바랍니다. 고양이가 돌아오면 찾아주신 분께 사례금을 드립니다.

저녁 다섯시쯤 구단(九段)에서 전화가 왔는데, 노라인 듯한 고양이가 기운 없이 있기에 익힌 생선이며 고기를 줘봤는데 먹지 않아서 직접 먹여주었더니 그제야 먹더라고 한다. 먹고 조금 기운을 차렸는지 방금까지 방에 있었는데 지금 보이지 않아 찾는 중이라고, 발견하면 연락하겠다고 했다. 몸집이 큰 고양이로 집고양이가 분명하다고 했다.

• 중세 일본 시인의 와카(和歌. 일본 고유의 시) 한 수씩을 골라 집대성한 『백인일수』 중 열여섯 번째 와카. 개나 고양이가 실종되었을 때 이 와카를 적어 방에 붙여두면 돌아오게 된다는 미신이 전해진다.

오늘자 석간신문의 전단지 광고를 보고 연락해준 것이리라.

노라가 집에 돌아오지 못해 기력을 잃은 게 분명하단 생각에 안쓰러워 견딜 수가 없다. 노라가 떠돌이 고양이가 되었다면, 이 고양이는 집고양이가 틀림없다며 친절히 돌봐줄 집은 있을지 몰라도 노라가 집에서 늘 먹던 날 전갱이와 건지 우유를 줄 집은 세상 어디에도 없을 것이다. 우리가 알려주지 않는 이상 불가능한 일이다. 노라는 그 외 다른 음식을 끼니로 먹지는 않았으니 시간이 흘러 한 달이나 지난 지금쯤엔 점점 쇠약해지고 있을 것이다. 어쩌면 곧 쓰러질 듯 비틀거리고 있을지도 모른다. 그런 상태로 집에 돌아오는 길을 몰라 헤매고 있다면 하루빨리 찾아내야 한다. 가여워 한참을 울었다. 머리가 이상해질 것만 같다.

4월 28일 일요일

흐린 후 개었다가 다시 흐림.

오전 열시쯤 동네 어느 댁에서 노라와 닮은 고양이가 있다는 연락을 주어서 아내가 바로 보러 갔다. 그 후로 세 번 전화가 와서 아내도 결국 세 번을 가보았는데, 세 번째 갔을 때 그 고양이가 있어 확인해보았지만 노라가 아니었다.

구단 4초메에서도 전화 연락이 왔지만 그 역시 노라가 아닌 것 같아서 보러 가지 않았다.

머리가 아프다. 밤에 상 앞에서 선잠을 잤다. 일어났다가 다시 눈을 붙였는데, 고양이가 차양 양철지붕 위를 걷는 듯한 소리가 나서 신경이 쓰였다.

4월 29일 월요일

맑음.

아침 여덟시, 고양이 일로 전화가 와서 눈을 떴다. 늘 집에 오는 과일 장수의 가게 근처라 대신 그 가게에 가봐달라고 부탁했는데 노라가 아니었다.

오늘은 어쩐지 마음이 가볍다. 고지마치 1초메에 사는 어느 주부가 친절한 엽서를 보내주었는데, 그 집 수컷 고양이는 38일째 되는 날 집에 돌아왔다고 한다. 날수를 정확히 안다는 건 그사이 내내 기다렸다는 말이다. 전단지에는 전화번호뿐이고 이름은 적지 않았는데, 라디오에서 노라 이야기를 할 때 내 이름이 나왔으니 그걸 듣고 수취인을 알아냈을 것이다. 저녁에 히라야마 옴.

4월 30일 화요일

맑은 뒤 조금 흐려짐. 새벽 세시 무렵부터 비.

저녁에 시미즈다니 공원 앞에 사는 모 씨가 연락을 주었다. 이미 밖이 어둑어둑하기에 내일 다시 연락을 기다리기로 했다. 또 하나, 조치 대학 의무실 부근에 닮은 고양이가 있다는 연락도 왔지만 그땐 이미 깜깜해진 후라 가봐야 허사일 듯했다.

노라가 사라진 지 오늘로 35일째. 오늘은 돌아올까 싶어 기다리다 보면 날이 저물고 어김없이 밤이 찾아온다. 고양이 일과는 별개로 그저 내 마음이 슬픈 것이라고 생각을 고쳐먹어본다. 하지만 그런 식으로 생각해본들 변하는 것은 없고 위로도 되지 않는다.

오늘 밤에는 노라가 사라진 후 처음으로 마음을 굳게 먹고 욕조에 들어갔다. 살이 많이 빠졌다. 7킬로그램 정도 줄었을지도 모르겠다. 기력이 쇠하고 눈이 잘 보이지 않는다.

5월 1일 수요일

맑고 바람. 오전에 살짝 햇빛 나고 흐림. 오후에 갬.

노라는 아직 돌아오지 않았을까. 밤에 상 앞에서 선잠을 자다가 눈을 뜨자마자 생각한다. 40일 가까이 바람 소리, 빗소리 들으면서 노라만 기다리는데 어째서 돌아오지를 않나. 이건 단순히 고양이 한 마리에 관한 일이 아니다. 노라가 있던 예전 그 집의 나날들을 되찾고 싶다. 참으려고 애를 써도 눈물은 멈추질 않고.

5월 2일 목요일 팔십팔야•

흐림, 오후도 흐리다가 비.

아침에 다시 잠들었다가 오후에 눈을 떴다. 잠에서 깨기 전

• 일본의 잡절(雜節) 중 하나로 입춘으로부터 88일째 되는 날 밤을 일컫는다.

에 노라가 돌아오는 생생한 꿈을 꿨다. 많이 말라선 안아 올리니 발톱을 살짝 보였다. 우유를 줬더니 잘 먹었다. 노라가 돌아와서 기뻐하는 중에 오늘은 요코스카의 해군기관학교에 가야 하는 날이라는 게 떠올라 꿈이 어수선해졌다.

오늘도 어제와 다름없이 노라 걱정뿐이다. 노라 생각을 하면 눈물이 나서 또 울고 만다. 저녁에 히라야마 옴.

5월 3일 금요일

맑음. 아침에 쌀쌀해서 난로를 켰다가 끔.

오늘도 최대한 다른 생각을 하려고 애써보지만 무심코 또 노라 생각을 하고 만다. "노라가 돌아왔어요." 하고 말하는 아내를 상상하고, 정원으로, 서재 창으로, 화장실 앞 울타리 문으로, 늘 노라의 출입구였던 부엌문 밖 디딤돌을 밟고 돌아오는 모습을 상상한다. 하지만 현실은 그렇지 않아서 상상하기 전보다 더 슬퍼진다.

5월 4일 토요일

맑음. 오전에 흐리다가 오후에 조금 갬. 저녁에 난로를 켬.

밤에 아내에게 노라가 나간 3월 27일의 상황을 재차 듣고, 오늘로 39일째니 이제 영영 돌아오지 않을 가능성도 생각해야지 않겠냐고 이야기를 나누며 울었다.

5월 5일 일요일

흐리고 엷은 햇살. 강한 바람.

저녁에 히라야마 옴. 그가 돌아간 후엔 또 노라는 지금 어디에 있을까 생각한다. 노라가 드나들던 부엌문을 괜스레 하루에도 몇 번이나 힘껏 열어보지만 결국 허무하게 닫고 만다. 자기 직전 마지막으로 지금 꼭 돌아와달라고 기도하며 열어본다. 어김없이 가느다란 밤바람만 불어올 뿐.

5월 6일 월요일

비. 저녁에 난로를 켬.

아침 여섯시인지 일곱시인지 실눈을 뜨니 아내가 욕실 문을 먼지떨이로 털고 있다. 지금 집의 욕실이 아니라 어릴 적 살던 시호야* 욕실인가 했는데 그렇지 않았다. 먼지떨이 소리 속에서 아내가 이러고 있으면 꼭 노라가 야옹야옹 울고 있는 것만 같다고 말하는 꿈을 꿨다.

밥을 먹는데 아내가 시계 꿈을 꿨다고 한다. 시계 꿈은 사람이 돌아올 징조라, 아내는 손목시계 하나 없는 사람인데도 계속 그 시계를 이리저리 만지작댔다고 한다. 그런 후엔 먼지떨이로 먼지를 터는 꿈을 꿨다는 말에 오늘 아침 비몽사몽간에 꾼 얕은 꿈이 생각나 소름이 돋았다. 먼지떨이 꿈을 꾸면 사흘

• 우치다 햣켄은 오카야마시 후루교초에 위치한 양조장 '시호야'의 외동아들로 태어났다.

안에 사람이 돌아온다. 고양이가 돌아올 징조라는 말은 없지만 아내는 이렇게 된 이상 별반 다를 것도 없다고 한다. 어쩐지 기분이 좋다.

5월 7일 화요일

비.

저녁을 먹다가 분명 노라 울음소리를 들은 것 같았는데, 하루 이틀 전부터 목이 아프고 감기 기운이 돌아 곧 천식이 도지려고 목 안에서 나는 소리였다.

5월 8일 수요일

비, 오후에 그침. 반쯤 갬.

갈색 얼룩무늬 고양이는 활동적이고 멀리까지 나간다고 한다. 그런 건 알지도 못했고, 하물며 노라는 우리가 선택해서 키운 고양이가 아니다. 노라가 헛간 지붕에서 내려왔을 뿐이다.

5월 9일 목요일

맑음.

정오 무렵 미노*가 와서 어느 미용실 고양이가 여름 한 철, 즉 7월, 8월, 9월, 석 달간 집에 들어오지 않았는데 있는 곳을 찾아 데려왔다는 이야기를 했다. 암컷과 함께 있었다고 한다.

* 우치다 햣켄의 둘째 딸.

오후에 별채에 앉아 정원을 바라보는데 정원 징검돌을 밟고 온 고양이 한 마리가 내 정면에 앉더니 가만히 나를 바라보았다. 어이쿠, 노라 아니냐, 노라구나, 하고 크게 말했다. 녀석은 야옹, 하더니 이내 차분해졌다. 잠시 와보라고 아내를 불렀지만 노라가 아니라고 한다. 그래도 미련이 남아 정원 게다를 신고 곁으로 다가가니 어슬렁어슬렁 걸어 저쪽으로 가버렸다. 꼬리 끝이 다르다. 거기다 새끼를 밴 듯했다. 노라가 사라진 후 종종 담 위에 오던 암컷이었다. 저 고양이가 노라라면, 그런 생각이 멈추지 않아 스스로 꾹꾹 눌렀다.

5월 10일 금요일

맑음.

오랜만에 늘 먹던 스시집의 스시가 먹고 싶어졌다. 하지만 노라가 그렇게나 좋아하던 계란말이가 있을 것을 생각하니 먹고 싶은 마음이 싹 가셨다. 관뒀다.

5월 11일 토요일

맑음. 오후에 햇빛 조금 나고 흐림. 밤에는 비.

오후에 날이 더워 열어두었던 부엌문으로 검은 고양이가 들어왔던 모양이다. 나가는 모습을 아내가 봤다고 하는데 노라가 뒤따라간 검은 고양이가 틀림없다고 한다. 그 검은 고양이가 온 것도 40여 일 만이다. 그렇담 어쩌면 노라도 돌아올지 모른다. 혹은 어딘가에 혼자 남겨졌을지도.

노라의 전단지 광고, 그 세 번째 인쇄물이 완성되었다. 이번엔 5500장. 이번에도 전처럼 기쿠시마가 전달해주었다.

거듭거듭

길 잃은 고양이에 관해 여러분께 부탁 말씀드립니다. 저희 집 고양이가 어딘가에서 길을 잃어 아직 돌아오지 않고 있는데, 그 녀석은 샴고양이도, 페르시아고양이도, 앙고라고양이도 아닌, 주변 어디에서나 볼 수 있는 지극히 평범한 잡종 고양이입니다.

그래도 꼭 돌아왔으면 하는 마음인데, 길거리에서 자동차에 치였거나 다른 집 툇마루 밑에서 죽었거나 고양이 장수에게 잡혀갔을 가능성이 아주 없다고는 할 수 없지만, 꼼꼼히 생각하고 조사해본 바에 따르면 일단 그런 일은 없으리라고 생각합니다.

어느 댁에서 길 잃은 고양이라며 키워주고 있거나, 혹은 밖에 거의 나가본 적 없는 어린 고양이라 집으로 돌아오는 길을 잃고 떠돌고 있지 않을까 싶습니다. 닮은 고양이를 보신 분은 꼭 알려주시길. 부탁드립니다.

고양이가 무사히 돌아오면 소소한 감사 표시로 3천 엔을 드리겠습니다.

그 고양이의 특징

1.수컷 2.등은 연갈색 얼룩무늬로 흰 털이 많음 3.배는 순백색
4.몸집이 크고 5킬로그램 이상 나갔지만 야위었을 가능성도 있음
5.얼굴과 눈이 순함 6.눈은 파랗지 않음 7.수염이 긴 편 8.생후 1년 반 남짓 9.노라야, 하고 부르면 대답함
전화 33abcd

3

노라야, 너는 3월 27일 낮에 속새 수풀을 지나 어디로 가버린 게냐. 그 후론 바람 소리만 나도 낙숫물이 떨어지기만 해도 네가 돌아왔나 싶고, 오늘은 돌아올까, 이제는 돌아올까 기다리는데, 노라야, 노라야, 넌 이제 정말 돌아오지 않는 게냐.

노라야, 노라야

1

이 원고의 첫 문장은 이렇게 쓸 생각이었다. "노라는 실종 몇 십 며칠째 되는 몇 월 며칠, 마침내 제가 가야 할 길을 깨닫고는 마르고 때가 탔지만 그래도 무탈한 모습으로 돌아왔다."

노라가 사라진 이튿날부터 우리는 근처 일대를 샅샅이 다 찾아다녔는데, 세상 사람들에게 짚이는 곳이 있으면 알려주십사 부탁한 것은 4월 10일에 낸 신문 안내 광고가 시작이었다. 노라가 돌아오면 광고를 보고 마음 써준 분들께 인사를 해야 마땅하다. 그 광고 문안도 생각해두었다.

고양이 귀가
4월 10일 본란에 기재했던 고양이는 무사히 돌아왔습니다.
배려해주신 모든 분들, 부디 안심하시기를.
33abcd

그러나 신문 광고는 고양이 찾기처럼 예상 범위가 비교적 좁은 사안에는 그리 적합하지 않다는 사실을 깨닫고 이번엔 신문 배달소에 부탁해 전단지 광고를 해보기로 했다.

전단지 광고는 10일부터 시작해 2주 간격으로 지금까지 총 세 번을 했다. 그러니 노라가 돌아오면 전단지를 보고 마음 써 준 분들께 감사 인사를 드려야 한다. 숫자가 많아 일일이 찾아 뵙거나 감사 편지를 적어드릴 수 없으니 그때도 전단지를 통해 인사할 생각이었다. 그 문안도 적어두었다.

길 잃고 헤매던 저희 집 노라는 실종 몇십 며칠째 되던 몇 월 며칠, 무사히 제 발로 돌아왔습니다(혹은 데리고 왔습니다). 걱정해주신 분들, 부디 마음 놓으시길 바랍니다.
그 일과 관련해 매번 친절히 전화를 주신 분들, 특히 바쁘신 와중에 집 방문을 허락해주신 분들께 진심으로 감사 말씀 전합니다.

고양이를 찾아다니며 사람들에게 폐를 끼쳤을 뿐 아니라, 노라가 돌아오지 않으면서 시력이 떨어지기도 하고 잠을 설쳐 급격히 여위고 기력을 잃어서 주변 사람들에게 걱정을 끼쳤다. 노라가 돌아오면 축하를 겸해 사람들을 안심시켜야 한다.

그 안내장 초고도 만들었다. 발신인은 노라 명의로 했다. '저'는 노라를 의미한다.

저는 대자연의 명을 받들어 잠시 집을 비웠는데 그사이 제 주인의 걱정이 깊어 그로 인해 여러분께 심려를 끼쳤습니다. 무사히 집에 돌아왔으니 여러분이 안심하실 수 있도록 조촐한 식사 자리를 마련하고자 하는데, 주인이 제가 실종된 사이 일도 손에 안 잡혔던 모양인지 아주 가난해져서 조금 궁핍한 모양입니다. 따라서 식사는 주인이 평소 대접하던 것의 절반 정도이지 않을까 싶지만 그래도 그날 밤에 꼭 자리하셔서 저를 위해 건배를 부탁드립니다. 저는 의자에 앉는 게 좀 서툴기 때문에 실례를 무릅쓰고 주인을 대신 내보낼 예정인데 아무쪼록 양해 부탁드립니다.

노라의 초대장도, 감사 전단지도, 신문 안내란 광고도 다 쓸일이 없다. 노라는 아직 돌아오지 않았다.

이렇게 오랜 시간 돌아오지 않고 아무리 찾아봐도 보이지 않으니 다음과 같은 경우를 고려해봐야 한다.

1. 길거리에서 자동차에 치였다.

2. 고양이 장수에게 잡혀갔다.

3. 어딘지 모르는 낯선 곳에서 죽었다.

이런 일이 없다고 단정할 수는 없다. 그러나

(1) 자동차에 치여 죽은 고양이를 수습했다는 곳에 일일이 찾아가 인근 주민에게 노라와 닮았는지 다 물어보았고 구청 도로과에도 문의했다. 죽은 고양이를 묻었다는 연락도 몇 번 받았지만 털이나 꼬리가 노라와 달랐다. 한 달 정도 전에 묻은 고양이가 아무래도 노라와 닮았다고 연락을 준 집에는 직접 찾아가 정원 한구석을 파보았다. 꼬리가 먼저 나왔는데 한눈

에 노라가 아님을 알 수 있었다.

(2) 고양이 장수의 목적은 대개 잡아서 샤미센 가죽으로 만드는 것이다. 가죽에 할퀸 자국이 있으면 제구실을 할 수 없다. 발정이 나서 싸움을 하고 다니는 고양이는 적합하지 않다. 노라는 발정기일 때 집을 나갔다. 일단 그런 일은 없으리라고 생각한다.

(3) 낯선 곳에서 죽었을 가능성은 더욱 희박하다. 어린 고양이가 그냥 죽는 일은 없다고 한다. 누구든 다 그렇게 말한다. 나와 아내는 고양이를 키워본 경험이 없으니 사람들 말을 믿을 수밖에 없는데, 그런 말을 들으면 믿고 싶어진다.

결국 어딘가에 살아 있다는 말이다. 노라는 살아 있다. 그 이튿날 내린 폭우로 집에 돌아오는 길을 잃고 헤매고 있는 것이리라. 꼭 찾아서 다시 데려와야 한다. 어딘지도 모르는 곳에서 방황하고 있다 생각하면 가여워 견딜 수가 없다.

여름 한 철, 즉 7월, 8월, 9월 석 달을 밖에서 떠돌던 고양이를 찾아서 데려왔다는 이야기를 들었다. 곳곳에서 보내준 편지 속에는 적어도 반년은 기다려봐야 한다는 말도 있었고, 8개월 만에 마치 다른 고양이 같은 모습으로 무사히 돌아왔다는 고양이 이야기도 있었다. 친절한 이들이 알려준 그 이야기를 믿고 노라를 기다리자, 반드시 노라를 찾아내자.

2

지난 원고 「노라야」를 쓴 후의 나날.

5월 11일 오후, 집 밖에서 야옹야옹 고양이 우는 소리가 나서 아내가 보러 갔다. 나도 나가보았다. 옆집 담 위 한구석에 있었다. 노라와 많이 닮았는데 아내는 아니라고 한다.

아내가 집에 들어간 후에도 계속 그 자리에 있었다. 자세히 보았지만 알 수 없었다. 하지만 만약 노라라면 거기까지 온 이상 바로 집에 들어오리라는 생각이 들어 더는 보지 않았다.

일단 집에 들어오긴 했는데 계속 신경이 쓰여 다시 나갔더니 우리 집 담 위에 와 있다가 나를 보곤 옆집 정원으로 뛰어내렸다. 그 뒷모습으로 짧은 꼬리를 확인하고 언젠가 본 적이 있는 다른 고양이임을 알았다.

오늘자 각 석간신문에 노라를 찾는 세 번째 광고 전단지를 넣었다. 저녁부터 밤까지 전단지 관련 전화가 열네 통 걸려 왔다. 다들 친절했지만 개중에는 장난 전화도 한두 통 있었다.

전단지 마지막 항목에 "노라야, 하고 부르면 대답함"이라고 쓴 부분을 보고 굳이 전화를 건 사람도 있었다. 아내가 전화를 받아 상대했다.

"대답을 합니까?"

"네."

"뭐라고 합니까?"

"야옹, 하지요."

그러곤 전화가 뚝 끊어졌다. 옆에서 듣자 하니 부아가 치밀어 아내에게 말했다.

"왜, 멍멍 짖는다고 하지 그랬어!"

5월 12일 일요일

때때로 비.

아침부터 노라 일로 전화가 왔다. 그중에 기오이초의 시미즈다니 공원 앞 어느 집에서 받은 연락이 신경 쓰여 아내가 바로 달려갔지만 노라가 아니었다.

오후에 고지마치 6초메 어느 집에서 죽은 고양이가 있다는 연락이 왔다. 묻어두었으니 한번 확인해보자고 했다. 아내는 당장 하고 싶어 했지만 소낙비가 거세게 쏟아져 잠시 기다렸다가 출발했다. 파내어보았지만 아니었다고 한다.

밤 열시, 구단에 있는 게이샤집에서 전화를 주어 아내가 바로 가보았지만 노라가 아니었다.

노라 전화는 오늘 하루 총 여섯 번, 그 외에 두어 통 장난 전화가 있었다.

5월 13일 월요일

맑음. 한때 살짝 흐렸다가 다시 갬.

오후에 요쓰야역까지 고양이를 데려왔으니 보러 오라는 이상한 전화가 왔다. 기쿠시마를 보내 확인했지만 아니었다고 한다. 불쑥 고양이를 데려오는 게 이상하긴 했지만, 친절을 베

풀고자 한 것이니 고맙기도 하다.

오늘은 노라 전화가 네 번 왔다.

5월 14일 화요일

맑음. 저녁에 비.

생각하지 않으려 하다가도 무심코 또 노라는 어디로 가버렸을까 생각하고 만다. 가여워 눈물이 멈추질 않는다. 지난번 「노라야」 원고를 완성한 후 이미 내 헝클어진 마음에 뚜껑을 덮었다고 생각했는데, 여전히 내 손으로 쓴 글이 나를 뒤쫓는다.

아침에 일어나기 직전에 노라가 60여 년 전 어릴 적에 아미노하마 살던 친척 누이 집에 있는 꿈을 꿨는데, 털이 전단지에 적은 것과 다르다는 생각을 했다.

5월 15일 수요일

맑음.

자다가 일어나 앉아선 아주 사소한 일로 노라를 떠올리곤 눈물을 흘렸다. 오늘처럼 날씨 좋은 날엔 어디 담장 위에서 꾸벅꾸벅 낮잠을 자고 있지 않을까. 고양이는 꿈도 꾸지 않을 테니 내 걱정도 전해지지 않으리라.

오후에 노라 일로 전화가 왔는데 털이 달랐다.

노라는 집을 나간 게 아니다. 돌아올 수 없게 된 것이다. 무슨 수를 써서라도 찾아내야 한다. 길을 잃었다고 생각하면 가

여위 견딜 수가 없다.

5월 16일 목요일

맑음.

이삼일 전부터 헛간 앞에서 우리 집에 자주 오는 고양이 두어 마리에게 남은 밥과 생선을 주고 있다. 어쩌면 그 고양이들과 함께 노라가 돌아올지도 모른다는 생각에서다. 오늘 아침엔 돼지고기 비계를 주었다는 아내의 말에, 어젯밤 닭고기 전골을 만들다가 너무 기름져 넣지 않고 남겨둔 닭고기가 떠올라 노라에게 주고 싶은 마음에 또 눈물이 멈추지 않았다.

밤늦은 시간, 자기 전에 연못으로 흘러가는 물을 최대치로 열어두려고 정원 수도로 나갔다가 들어오니 부엌 문밖에서 웬 고양이 한 마리가 문을 열어달라는 듯이 야옹야옹 울고 있었다. 노라와 많이 닮고 꼬리가 짧은 녀석인데 길 잃은 고양이인 듯했다. 길고양이처럼 보이지는 않았다. 5월 11일쯤 담 위에서 고양이 한 마리를 봤다고 이 장 첫머리에 언급한 바로 그 녀석으로, 노라와 너무 비슷한 목소리로 울어 난처했다. 노라도 지금쯤 어디선가 이런 목소리로 울며 낯선 이에게 무언가를 조르고 있진 않을까. 마음이 쓰라렸다.

5월 17일 금요일

맑음.

노라가 사라진 지 52일째. 노라는 이제 돌아오지 않는 걸까.

그래도 어쩌면 돌아올지 모른다는 생각도 든다. 노라 찾기를 부지런히 계속해서 꼭 찾아내고 싶다.

얼마 전부터 늘 오는 노라와 닮은 고양이가 저녁이 되자 먹을 것을 조르며 노라와 비슷한 귀여운 목소리로 울기에 그때마다 노라 생각이 나서 마음이 아팠다. 지금쯤 저녁이 되어 배가 고파진 노라가 어느 집 부엌 밖에서 저렇게 울고 있진 않을까 또다시 생각했다. 아내에게 얼른 뭐라도 좀 주라고 말하는데 눈물은 멈출 줄을 모르고.

5월 18일 토요일

맑음.

늘 자기 전에 부엌문을 열어 노라가 돌아오진 않았는지 주위를 살핀다. 오늘 밤도 자정 넘어 잠자리에 들기 전에 문을 열어보았더니 이삼일 전부터 거기 자리 잡은, 노라와 꼭 닮은 꼬리 짧은 고양이가 앞을 어슬렁거리고 있었다. 아직 더 필요한 게 있는 모양이다. 노라도 이 고양이처럼 지금쯤 어느 집 부엌 밖을 어슬렁대고 있진 않을까 싶어 아내에게 빨리 뭐든 주라고 말하곤 눈가를 꾹 눌렀다.

5월 19일 일요일

흐림.

이른 아침에 노라 일로 구단 4초메의 모 씨에게 전화가 와서 잠이 깼다. 연이어 고반초의 모 씨에게도 연락이 왔다. 아내가 두 곳 다 보러 갔다. 고반초는 한 번 갔다가 돌아온 후에 또 전화가 와서 다시 달려갔지만 둘 다 노라는 아니었다.

5월 20일 월요일

비. 오전에 쏟아지다가 오후에 잠시 그쳤다 다시 내림. 저녁에 그침.

아침에 산반초의 모 씨에게 노라 일로 연락이 왔다. 비가 그치면 아내가 가보기로 했다. 저녁 다섯시쯤 산반초 그 집에서 지금 고양이가 있다는 연락이 와서 아내가 바로 나갔다. 아내가 전화로 노라가 아니라고 했다.

저녁이 되니 노라와 닮은 그 고양이가 또 울며 졸라댄다. 노라 생각이 나서 견디기 힘들다. 고양이에 정통한 어느 분 의견에 따르면 이 고양이는 노라의 형제로 노라보다 먼저 태어난 형일 것이라고 한다. 그럴지도 모른다. 노라의 부모는 길고양이니 같은 부모가 어디선가 낳은, 동배에서 나온 고양이일지도 모른다. 털이 똑같을 뿐만 아니라 몸짓과 표정까지 쏙 빼닮았고, 목소리도 노라만큼 좋진 않지만 소리의 결은 똑같다. 무엇보다 꼬리가 노라보다 짧지만 그래도 노라처럼 끝이 갈고리 모양으로 휘었다.

길 잃고 헤매는 집고양이일지도 모르지만 어쨌든 우리 집으로 온 이상 배곯는 일은 없었으면 한다. 아무리 닮았어도, 혹은 형제라 해도 노라를 대신할 수는 없지만 이 고양이가 집 주위에 있어 하나 실용적인 측면도 있다. 나와 아내는 시간이 아무

리 흘러도 노라를 몰라볼 일이 없지만, 다른 사람에게 부탁해 노라인지 아닌지 먼저 확인해달라고 해야 할 때가 있다. 그럴 때 이 고양이를 꼬리 길이만 별개로 하고 노라의 견본 삼아 보여주면서 이렇게 생겼으니 잘 봐달라고 부탁할 수 있다.

새벽에 전화가 왔다. 남자 목소리였는데 댁에서 찾는 고양이를 발견했으니 내일 낮에 데려가겠다고 한다. 아내가 어떤 고양이냐고 물었더니 그런 건 모른다며 뚝 전화를 끊어버렸다.

머잖아 이런 사람들이 나오지는 않을까 전부터 걱정하던 일들이 그대로 일어나기 시작한다. 우리 힘으로만 찾는 게 아니라 세상 사람들에게 도움을 요청한 이상 어디서 누가 무슨 생각을 하고 어떤 일을 꾸밀지 알 수가 없다. 단순한 장난일 수도 있지만 어쨌든 대비는 해두어야 한다. 곧바로 두어 곳에 이야기를 전해두었다.

노라가 얼른 돌아오지 않으면 점점 더 이상한 일들이 일어날 것만 같다.

5월 21일 화요일
맑음.
어젯밤 전화로 오늘은 조금 어수선했는데 아무도 고양이를 데려오지는 않았다. 그래도 당분간은 경계를 늦추지 않을 생각이다.

노라 일로 연락을 주는 전화 외에, 이달 18일에 나온 잡지

『주간신조』5월 27일 호에 실린 신문 전단지 이야기를 보고 친절히 정보를 주려는 의도가 아닌 이상한 전화를 걸어온 사람도 몇 있었다. 또 이상한 편지도 왔다.

오늘도 저녁이 되니 노라와 닮은 일전의 그 고양이가 부엌 밖에서 야옹야옹 운다. 그걸 듣는 게 너무 괴롭다. 아내는 그 고양이에게 우리 집을 그리도 떠나기 싫다면 노라를 데려오라고, 데려오면 함께 키워주겠노라 약속했다고 한다.

5월 22일 수요일

햇빛 조금 나다가 흐림.

아홉시쯤 걸려온 노라 제보 전화로 잠이 깼다. 고지마치 4초메의 어느 집에서 온 연락이었다. 곧바로 기쿠시마가 일하는 곳에 전화를 걸어 보러 가달라고 했다.

기쿠시마가 전화로 자기 혼자서는 확실히 판단하기 힘들지만 지금껏 봐온 중에 가장 닮은 듯하니 아내에게 지금 바로 와달라고 했다.

아내가 가서 확인해본바, 닮긴 했지만 노라는 아니라고 한다.

아내는 어젯밤에 노라 꿈을 꿨다고 한다. 예전 여느 때처럼 근처 담 위에 있었다고 한다.

두부 가게에서 주문을 받으러 오는 아가씨가 오늘 아침에 오더니 노라가 돌아왔냐고 묻는다. 이유를 물었더니 어젯밤 밤새 노라 꿈을 꿔서 돌아온 줄 알았다고 했다.

저녁에 스테이션 호텔에 갔다. 내가 집을 비운 사이 아내가 노라 연락을 받고 요쓰야혼시오초에 갔는데 노라가 아니었다. 또 노라와 닮은 고양이가 온다는 동네 어느 집에도 들렀지만 없었다고 한다.

5월 23일 목요일

맑음.

아침부터 이상한 전화가 몇 번 왔다. 한 번은 여자 목소리로, 여보세요, 우치다 씬가요? 하고 묻기에 그렇다고 했더니 전화를 뚝 끊어버렸다. 또 한 번은 불러내기만 하고 말이 없다. 이런 일이 전에도 몇 번 있었다. 무슨 속셈인지 도통 알 수가 없다.

노라와 닮은 그 고양이는 여전히 집 주위를 맴도는데, 사람을 보면 노라 같은 목소리로 야옹야옹 운다. 오후에 문 근처로 가니 따라와서 몸을 비비다가 징검돌 옆에 발랑 드러누워선 턱을 들고 긁어달라는 듯이 군다. 노라와 판박이라 보고 있으면 눈물이 난다. 너무 많이 닮은 나머지 문득문득 노라가 아닐까 착각할 정도지만 역시나 꼬리가 짧다.

오후에 니반초의 모 씨에게 연락을 받고 기쿠시마가 가보았지만 그 고양이는 없었다.

밤에 구단의 어느 집에서 전화를 걸어와선 자기 집 고양이도 사라졌는데 특징이 노라와 비슷하니 같이 찾아달라고 했다. 그 고양이는 귀 뒤에 상처가 있다고 한다. 마침 함께 있던 기쿠시마가 노라를 찾으러 갔을 때 그런 고양이를 본 적이 있다기에 다시 전화를 걸어 알려주었다.

5월 24일 금요일
맑음.

아침에 일어나 잠을 쫓으려 담배를 태우면서 아내와 마주 앉아 노라 생각을 한다. 오늘은 59일째, 내일이면 딱 두 달이 된다. 노라가 제 발로 돌아올 가능성은 점점 줄어들고 있다. 어디로 가버렸을까. 또 눈물이 쏟아졌다. 하지만 두세 달이 지나 돌아왔다는 고양이 이야기도 들었다. 어쩌면 돌아올지도 모른다. 찾으려는 노력을 게을리해선 안 된다.

낮에 또 이상한 전화가 걸려 와 나를 불러내더니 그대로 뚝 끊어버렸다. 그 전에도 한 번 오고 오후에 또 비슷한 전화가 왔는데 아무 말도 하지 않았다.

어젯밤에 기쿠시마가 정보를 준 집에서 전화가 왔는데, 알려준 곳에 가서 확인했지만 아니었다고 한다. 다른 이의 실망도 남 일 같지가 않다.

언젠가 정원사가 와서 이렇게까지 찾는데도 없는 걸 보니 어쩌면 외국인 집에 흘러들어가서 그 집 고양이로 살고 있을지도 모른다며, 매번 내보내는 전단지도 외국인에겐 아무런 효과가 없으니 외국인 집도 한번 찾아보는 게 어떻겠냐고 했다.

미처 그런 생각은 하지 못했다. 바로 방법을 강구해보기로 했다.

하지만 생각건대 샴고양이나 페르시아, 앙골라고양이라면
외국인이 키울지도 모르지만 노라는 주변에서 흔히 보는 지극
히 평범한 고양이다. 그들이 흥미를 가질 성싶지는 않다.

그런데 다시 또 생각해보면 노라 같은 고양이를 흔하고 평
범하다 여기는 건 우리 생각일 뿐이고 외국에서 온 그들 눈에
는 신기해 보일지도 모른다. 하물며 노라는 누가 봐도 아주 귀
여운 얼굴이다. 정원사가 말한 그런 일이 없으리라는 보장도
없다. 외국인 집도 찾아보기로 마음먹었다.

영자 신문에 전단지를 넣을지 어쩔지 그건 나중에 생각하기
로 하고 일단은 전단지를 만들자. 미노에게 시켰더니 저녁에
프린트를 가져왔다.

Inquiring about a Missing Cat

Have you not seen a stray cat?
Are you not keeping a lost cat?

It is a tom-cat, one and half year old, was around 8 to 9 pounds. He
is whitish brown tobby[•] on his back and white on his chest, with long
tail curled at the tip, and with soft eyes not blue. He answers to the
name 'Nora' with a miaow. He is not of a special breed like Persian or
Siamese, but is just a common Japanese cat.

• tabby(얼룩무늬 고양이)의 오자로 추정됨.

He was last seen with a black she-cat, on March 27.

As he was a real pet of this family, we miss him very much and we are anxious to know where he is or how he is.

Please call Tel. 33-abcd(in Japanese please) if you know or have seen such a cat.

If 'Nora' returns home safely, 3,000 Yen will be offered to the person who gave the information. It will be greatly appreciated.

5월 25일 토요일

비.

아침에 엽서를 가지러 서재에 가서 속달용 우표에 빨간 선을 그으려고 서랍에서 빨간색연필을 꺼내려는데 창밖에서 소리가 났다. 노라가 밖에서 돌아올 때 나던 기척과 비슷해 꺼내려던 물건을 내던지고 다급히 문을 열었더니 노라와 닮은 그 고양이가 내 얼굴을 빤히 보며 노라가 하던 것처럼 야옹야옹 운다. 마음이 힘들어 한참 울었다. 정말 노라였다면 얼마나 기쁠까. 그렇담 그 순간 모든 것이 다 제자리를 찾을 텐데.

5월 26일 일요일

맑음. 오후에 바람.

계속 이상한 전화가 온다. 아내가 수화기를 들고 잠깐 말없이 있었더니 곧 전화를 끊어버렸다.

노라를 찾아주려는 전화 외에 여기저기서 노라에 관한 친절한 편지가 오기도 한다. 오늘 아침에도 우편함에 든 편지를 펼쳐서 읽다가 눈물이 터져서 오전 내내 울었다.

낮에 지난 23일 연락을 췄던 구단의 어느 집에서 노라와 닮은 고양이가 있다는 전화가 왔다. 아내가 들어보니 아닌 것 같아서 보러 가지는 않았다.

밤에 히라야마가 돌아간 후, 아무 이유도 없이 노라를 떠올리곤 눈물을 쏟았다. 아내가 보더니 그러다간 몸이 상할 거라고 한다. 그렇게 말하는 아내가 노라를 품에 안고 집 여기저기를 거닐며 착하지, 착하지, 우리 노라, 하던 모습을 떠올리면 마음이 못내 쓸쓸하다.

5월 27일 월요일

맑음. 살짝 흐려졌다 다시 갬.

아내가 점심시간에 기쿠시마를 불러 노라와 닮은 고양이가 자주 온다는 동네 어느 집에 그 고양이를 보러 갔지만 없었다고 한다.

오후에 노라와 닮은 그 고양이가 부엌문 앞에서 야옹야옹 울기에 아내에게 알렸다. 아내가 나가서 먹을 것을 주는 듯했다. 현관 앞에 떨어진 휴지를 주워 부엌에 버리러 가니 아내가 그 고양이에게 어묵을 잘게 잘라 먹여주고 있다. 나를 바라보는 얼굴이 노라를 쏙 빼닮아서 슬퍼 눈물이 멈추지 않는다. 노라가 계란말이를 받아먹던 모습이 떠올라 가여워 견딜 수가 없다.

5월 28일 화요일

살짝 햇빛 나다가 흐림.

아침에 일어나자마자 아내에게 오늘도 점심시간 때 기쿠시마를 불러 어제 갔던 집에 고양이를 보러 다녀오라고 했더니, 갈 때마다 그분들께 폐가 된다며 가지 않아도 그분들이 알아서 잘 확인해줄 거라고 한다. 노라의 그림자가 서서히 엷어져 멀어지는 것 같아 눈물이 나서 혼났다.

결국 아내가 기쿠시마에게 전화를 걸어 와달라고 부탁했지만, 눈물은 오래도록 멈추지 않았다.

낮에 기쿠시마가 와서 아내와 함께 보러 갔는데, 그 집에서 키우는 암컷이 들어오지 않아서 늘 붙어 다니는 수컷도 없었다고 한다.

노라와 닮은 그 고양이는 오늘도 집 주위를 맴돈다. 아마 계속 떠나지 않는 것이리라. 나는 되도록 보지 않으려 애쓰는데 아내는 늘 먹을 것을 챙겨주면서 얼른 가서 노라를 데려오렴, 데려오면 너도 같이 키워줄 테니, 하고 고양이와 거듭 약속을 하며 타이른다.

5월 29일 수요일

흐리고 가랑비.

오늘은 생일이라 밤에 제8회 마아다카이˙에 나간다. 노라가 집에 있었더라면 맛 좋은 특식을 얻어먹었을 텐데.

오후에 로쿠반초 어느 집에서 노라와 닮은 고양이가 있다는 연락이 왔다. 아내가 바로 달려갔지만 노라가 아니었다. 언젠가 그 옆집에서 본 고양이가 그 집으로 넘어간 것이었다. 노라가 아닌 같은 고양이를 몇 번이나 보러 가게 되는 것도 불가피한 일이다. 그런 수고를 마다하겠다는 마음가짐으로는 노라를 찾을 수 없다.

시나가와에 사는 모 씨가 전화로 노라에 관해 묻더니 자기 집에 생후 2개월 된 수컷 삼색 고양이가 있는데 노라 대신 데려가겠느냐고 한다. 호의에 감사를 표하고 사양했다. 제아무리 좋은 고양이라 해도 노라를 대신할 순 없다. 노라는 꼭 노라여야만 한다.

또 어느 독자가 전화를 주었다. 남자 목소리였다. 친절히 위로해주며 반년은 기다려보라고 했다. 반년은 기다려야 한다는 말은 다른 곳에서도 들었다. 여태 이런 경험은 해본 적이 없어 그런 것들을 알려주면 무척 고맙다. 오늘은 8개월 정도 기다려보라는 편지도 받았다.

자정쯤 마아다카이에서 돌아왔다. 마흔 몇 명 되는 참석자 중 열 명이 나를 따라왔다. 어쩌면 나를 바래다준 것일지도 모르겠다.

• 摩阿陀会. 우치다 핫켄의 제자들이 매년 생일에 열어주던 모임. 음독하면 '아직이야?'라는 뜻으로 '아직 죽지 않고 살아 있느냐'라는 의미. 매년 "핫켄은 아직도 안 죽었네, 아직도 안 죽었어"라고 다 같이 외치고 모의 장례식을 여는 등 유머러스하고 따뜻하게 우치다 핫켄의 장수를 기원하고 마음을 나누는 자리였다.

내가 집을 비운 사이 아카사카의 모 씨 그리고 프린스 호텔에서 노라 제보 전화가 왔던 모양이다. 아내는 우리가 돌아오자마자 바로 프린스 호텔로 갔다. 비록 노라는 아니었지만 자정이 넘은 시간까지 부러 고양이를 붙잡아둬준 호의에는 어떻게 감사 인사를 드려야 할지 모르겠다.

5월 30일 목요일
비. 쌀쌀해서 난로 켬.
밤 열두시가 넘어 화장실 밖에서 소리가 났다. 창살 틈새로 빼꼼 창 안을 들여다보는 건 꽤 오래전부터 우리 집을 맴도는 노라와 닮은 그 고양이였다. 서재 창 장지 너머로 올라오고, 화장실 창살에 달라붙고, 이 고양이는 어째서 노라가 돌아올 때 하던 행동을 그대로 하는 걸까. 노라가 아님을 알면서도 짧은 꼬리를 내 눈으로 확인할 때까지 쉬이 단념할 수가 없다. 그러다 보면 울고 만다.

5월 31일 금요일
맑음.
아침 일곱시 반, 노라 제보 전화로 잠에서 깼다. 히라카와초에 있는 어느 여관에서 온 것이었다. 노라와 닮은 고양이가 지붕 위에 있다고 한다. 이야기를 나누다가 꼬리 부분이 확실치 않으니 다시 확인한 후에 알려주겠다고 했다.
다시 눈을 붙여 깊이 잠들었다가 열한시쯤 다시 노라 제보 전화가 와서 깼다. 고지마치 4초메의 어느 맨션에서 온 연락이었다. 그 근처 정육점 젊은이가 대신 확인하러 다녀와주었다. 몸집이 작아 노라가 아니라는 연락이 왔다.

오후에 기쿠시마에게 부탁해 29일 내가 집을 비운 사이 연락을 줬던 아카사카 어느 댁에 가달라고 했다. 돌아와서 노라가 아니라고 했다.

밤 아홉시, 수상관저와 그라운드 호텔 사이에 있는 어느 기숙사의 모 씨가 연락을 주었다. 지난 4월 20일, 라디오에서 노라 방송이 나오기 30분쯤 전에 죽은 고양이를 직접 묻었다고 한다. 방금 『소설신조』에 실린 「노라야」를 읽고 문득 생각이 나서 연락하는 것이라고 했다. 아내가 파내어보고 싶다고 했지만, 털 이야기를 하다가 검은색이 섞인 삼색 고양이임을 알게 되어 노라가 아님이 확실해졌다.

죽은 그 고양이는 노라가 아니었다. 곳곳에서 모르는 사람들이 친절하게 연락을 주면 거의 거르는 일 없이 보러 가서 노라를 수소문 중이지만 여전히 행방을 알 수 없다. 노라야, 이 녀석아, 도대체 어디로 가버린 게냐. 눈물이 강처럼 흘러 멈출 줄을 모른다.

6월 1일 토요일

맑음.

화창한 5월 날씨에 훈풍이 불어 지나고 29일 마아다카이에서 쌓인 피로도 다 풀려 상쾌한 기분으로 일어났다.

아침 일찍부터 일어나 있는 아내에게 말했다.

"나 일어났어."

"아, 좋은 아침."

"당신은 언제."

"그럭저럭."

그런 다음 으레 "노라는?" 하고 묻던 게 생각나 일어나자마자 눈물이 났다. 그럴 때 아내는 "노라는 욕실." "노라는 정원." 하고 대답하곤 했다. 그걸 물어야 안심이 된다거나 하는 건 아니었다. 그저 노라에 관해 한마디 묻지 않고선 직성이 풀리지 않았다. 그런 노라가 이제는 없다.

오후에 히라카와초 여관에서 어제 말한 고양이가 지금 있다고, 치즈와 우유를 먹는 중이라고 연락이 왔다. 바로 아내가 달려갔다. 많이 닮은 것처럼 말했기 때문에 어쩌면 아내가 노라를 품에 안고서 대기시켜둔 택시를 타고 돌아올지도 모른다고 생각했지만, 꼬리가 쭉 뻗어 노라는 아니었다고 한다.

6월 2일 일요일

햇빛 조금 나고 흐림. 다시 햇빛 살짝 남.

하루 종일 기분이 아슬아슬해서 걸핏하면 둑 무너지듯 마음이 쏟아져 내려 아무것도 할 수가 없다. 노라야, 하고 생각만 해도 눈물이 멈추지 않아 젖은 휴지로 책상 밑 휴지통을 가득 채우고 만다.

6월 3일 월요일

맑음.

노라와 닮은 그 고양이는 여전히 집 주위를 떠나지 않고 맴
돈다. 아내가 밥을 챙겨주는 모양이다. 녀석을 배곯게 두고 싶
진 않다. 노라도 어딘가에서 그렇게 보살핌을 받고 있을지 모
른다. 오늘 아침에도 아내가 준 밥을 먹고 어딘가로 갔다가 낮
이 되니 배가 고팠는지 다시 돌아와서 밥을 졸랐다고 한다. 그
러는 것은 괜찮은데 그 고양이가 눈에 보이거나 울 때마다 노
라 생각이 나는 게 괴롭다.

6월 4일 화요일

맑음.

낮에 일어났다. 일어나기 직전에 꿈을 꿨다. 폭이 90센티 정
도 되는 낮은 돌계단 중간쯤, 내 쪽에서 바라봐 오른편에 고양
이 한 마리가 이쪽을 보고 앉아 있었다. 배가 흰 걸로 봐서 노
라 같은데, 노라가 아닐까 생각하는 중에 그 희미한 꿈은 끊어
지고 말았다.

일어나니 아내가 구두가게 줄무늬 고양이 이야기를 했다.
그 녀석은 가끔 오는 모양이다. 와서는 노라와 닮은 고양이와
싸운다. 줄무늬 고양이가 훨씬 세서 노라와 닮은 고양이가 늘
괴롭힘을 당한다고 한다. 아내는 노라 때 그랬던 것처럼 노라
와 닮은 고양이에게 가세한다. 아무튼 싸움 이야기는 귀에 들
어오지 않고 노라와 그리 절친하던 구두가게 고양이는 전처럼

찾아오는데 노라는 어디로 가버렸나 하는 생각만 들어, 오늘은 마음을 다잡자고 생각하며 일어났는데 구두가게 고양이 이야기에 그만 또 울음이 터졌다.

저녁 밥상 앞에서 아내가 노라 이야기를 하고 싶은데 하면 바로 울어버리니…… 하고 머뭇거렸다. 무슨 이야기냐고 물었더니 노라는 반드시 돌아올 거란다. 그건 나도 의심해본 적이 없다고 했다. 거기서 더 깊이 파고들면 안 된다. 또 결국엔 눈물 바람일 테니 그만두고 다른 이야기를 꺼냈다.

6월 5일 수요일

해 조금 비치고 흐림. 밤비.

『소설신조』에 「노라야」가 실린 후로 매일같이 친절한 편지가 온다. 오늘 아침에도 아카사카의 어느 집에서 고양이를 좋아하는 경험자가 노라는 반드시 살아 있을 것이라는 편지를 보내주어 기뻐서 눈물이 났다.

저녁에 히라야마와 함께 근처 이발소로 가는 길에 노라와 닮은 고양이가 자주 온다는 동네 어느 댁에 가보았지만 고양이는 한 마리도 없었다.

노라는 3월 27일에 집을 나간 게 아니다. 그때 충동적인 기분으로 외출했다가 길을 잃었고, 이튿날 밤 내린 폭우로 집에 돌아오지 못하게 된 것이다. 지금 어딘가에서 친절한 누군가에게 보살핌을 받고 있을지도 모른다. 또는 그 외의 여러 가지 가능성을 생각해볼 수 있다. 오늘로 노라를 기다린 지도 벌써

71일째다.

6월 6일 목요일

비.

아침에 술 가게 아가씨가 와서 근처 둑에 노라와 닮은 고양이가 있다기에 아내가 빗속을 뚫고 달려갔다. 그 고양이는 둑에서 내려와 화교학교 앞까지 와 있었다는데 노라는 아니었다고 한다.

저녁에 아내와 함께 외출했다가 돌아왔다. 그사이 집을 봐주던 오시즈 씨가 집 근처 니혼테레비 건물 뒤에 노라와 닮은 고양이가 늘 검은 고양이와 함께 온다는 연락을 받았는데, 등에 검은 털이 난 삼색 고양이라고 해서 보러 가지 않았다고 한다.

6월 7일 금요일

비. 조금 쌀쌀해서 난로 켬.

낮에 가만히 자리에 앉아 있다가 아무런 이유도 없이 문득 노라가 가여워져 눈물을 쏟았다. 비 내리는 날은 정말이지 괴롭다. 하루 종일 울었더니 눈이 무겁다.

노라는 분명 다른 집에서 지내고 있으리라는 생각이 들기 시작했다. 네 번째 신문 전단지를 돌려 다시 찾아보려고 한다. 그 문안.

전부터 찾고 있는 길 잃은 고양이에 관해 거듭 부탁 말씀드립니다.
헤매다 들어온 그 고양이를 키워주고 계신 분
또는 이따금 오는 그 고양이에게 밥을 주고 계신 분은
부디 연락 바랍니다. 꼭 부탁드립니다.

 고양이의 특징

 1. 꼬리는 중간 정도 길이. 편지 봉투 정도. 끝이 작은 경단처럼 휘어서 만지면 갈고리 같은 감촉이 느껴집니다.

 2. 수컷.

 3. 등에는 연갈색 얼룩무늬가 있고 하얀 털이 많음.

 4. 배는 순백색.

 5. 몸집은 큰 편. 실종 전에는 5킬로그램 정도 나갔습니다.

 6. 동작이 느림.

 7. 얼굴과 눈매가 순함.

 8. 눈은 파랗지 않음.

 9. 수염이 긴 편.

 10. 생후 1년 반 남짓.

 11. 고양이의 이름은 노라.

6월 8일 토요일

 비.

 노라와 닮은 꼬리 짧은 고양이는 요즘 계속 헛간에서 지낸다. 이렇게 자리를 잡고 살 거라면 이름을 붙여줘야겠다 싶었다. 하루 이틀 전부터 그런 생각이 들었다. 꼬리가 짧으니 쿠루츠•라고 부르기로 했다. 세 글자라 부르기 힘들면 '쿠루'도 좋고 '쿠루츠 짱'을 줄여 '쿠루 짱'도 좋을 듯하다. 하지만 아직 혼자 생각일 뿐이다.

쿠루츠는 노라와 털이나 동작만 닮은 게 아니라 표정까지 똑같기 때문에 똑바로 쳐다보기가 힘들다. 아내는 늘 먹을 것을 챙겨주는 모양이지만 나는 되도록 보지 않으려고 눈을 돌린다.

고양이를 잘 아는 사람이 쿠루츠가 노라의 형일 것이라고 말한 일을 앞에 썼는데, 고양이를 잘 아는 또 다른 사람은 쿠루츠를 보더니 이 고양이는 아직 아주 어리다고 했다. 그렇다면 노라의 남동생일지도 모른다. 그렇게 느껴지는 구석이 있긴 하다.

6월 9일 일요일

맑음.

오후에 쿠루츠가 아내에게 밥을 얻으려고 부엌문 앞에서 기다리는 중에 구두가게 줄무늬 고양이가 와서 쿠루츠를 괴롭히려 들자 아내가 냉큼 문을 닫아 집 안으로 들였다. 그럼에도 쿠루츠는 더 도망치지 않고선 무서웠는지 복도를 달려 화장실 창문을 타고 오르더니 창살에 딱 달라붙었다고 한다. 노라와는 그렇게나 살갑던 구두가게 고양이가 쿠루츠는 눈엣가시로 여기는 모양이다. 노라가 어디에 있는지는 모르겠지만, 그런

• 짧다는 뜻의 독일어 'kurz'.

상황일 땐 아내가 늘 도와주곤 했는데 지금은 아군이 없어 괴롭힘을 당하지는 않을까 생각하니 가엾어 견딜 수가 없다.

오늘은 노라의 수색원을 고지마치 경찰서 외, 인접한 아카사카, 요쓰야, 가구라자카의 각 서에 제출했다.

6월 10일 월요일

조금 흐리다가 갬.

낮에 로쿠반초 어느 댁에서 지금 노라와 닮은 고양이가 와 있으니 바로 오라고 전화를 주었다. 꽤 오래전부터 한 번 가서 확인해보고 싶던 고양이였다. 워낙 가까운 거리라 만약 노라라면 거기까지 온 이상 집에 돌아오겠지만, 길이 좁고 중간에 도로가 있어 돌아오지 못했을 수 있다는 생각도 들었다. 이발소에 가는 길에 두 번 그 골목에 들어가보았지만 그때마다 없었다. 일단은 그 고양이를 확인해봐야 한다. 아내가 바로 개다래나무를 챙겨 부리나케 달려갔다. 아내가 나간 후에 이미 가버리고 없다는 전화가 왔다. 그런데 아내가 그 옆집 뒤편에 있는 것을 봤다고 한다. 노라가 아니었다. 어쩌면 노라가 아닐까 오랫동안 생각해왔던 터라 실망감에 마음이 쓸쓸하다. 하지만 그렇게 하나씩 확인해나가는 수밖에 없다.

개다래나무는 노라가 있을 때 사두었지만 아플 때 주자는 생각에 한 번도 준 적이 없다. 노라가 사라진 후로는 찾으러 나갈 때 늘 챙겨서 간다.

6월 11일 화요일

해 살짝 나고 흐리다가 가랑비. 밤비.

어제 아카사카의 어느 집에서 전화가 왔는데, 오늘 아침 그 집 하숙생이 개를 산책시키러 나갔다가 히비야 고등학교 앞을 지나는 길에 노라와 닮은 고양이를 봤다고 한다. 닮았다는 사실을 확인하기 위해 예전에 키우던 노라와 꼭 닮은 고양이 사진을 보여주겠다고 했다.

오늘 그 사진이 우편으로 도착했다. 너무 쏙 빼닮아서 그 고양이의 표정을 들여다보다가 눈물이 났다. 노라가 아내에게 안긴 채로 나를 바라보던 얼굴과 판박이다.

6월 12일 수요일

비. 저녁께 그침.

쿠루츠는 헛간에서 지내는데, 새 건물이다 보니 문이 부드럽고 밑에 바퀴도 달려 있어 쉽게 움직인다. 쿠루츠는 제 발로 문을 열고 밖을 내다보기도 하고 밖으로 나오기도 한다. 오늘은 비가 와서 아내가 부엌에 들여주었다. 개수대 밑에 앉았다가 둥근 의자 위에서 잠도 잤다가, 아주 당연한 일이라는 듯 태연한 모습이다. 노라가 하던 행동을 그대로 다 하면서 시치미를 뚝 떼고 있다. 그건 괜찮은데 그걸 볼 때마다 노라가 떠오르고 노라는 어찌 지내고 있을까 싶어 가여워 어쩔 줄을 모르겠다.

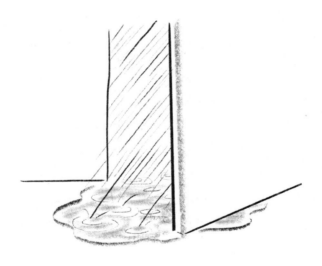

3

노라야, 나는 이제 곧 여행을 떠나야 한단다. 일주일 후면 돌아오겠지만, 이리 애타게 기다리는 네가 아직 돌아오지 않았는데 집을 비우고 다른 곳에 가려니 영 내키지 않는다. 그래도 이미 예정되어 있는 일이라 어쩔 수가 없구나. 내가 없는 사이에, 노라야, 꼭 집으로 돌아오렴. 네가 돌아오면 장거리전화나 전보로 네가 왔다고 곧바로 내게 알리게끔 일러두었으니.

노라야, 노라야, 지금 너는 대체 어디에 있는 게냐.

노라 위에 내리는 가을 소낙비

1

노라가 사라진 지 오늘로 175일째. 닷새만 지나면 180일, 딱 반년이 된다.

노라가 가버린 후 정원에 꽃이 흐드러지고, 내가 우는 동안 꽃 만개한 봄이 오고, 초여름이 오고, 도요°가 오고, 매일 노라를 기다리는 사이 더위가 절정을 넘어 어느덧 가을바람이 불기 시작했다.

올봄 히간°은 3월 24일에 끝났다. 그로부터 3일째 되던 27일 낮, 노라는 아내의 품에서 내려와선 속새 수풀 틈을 빠져나가 어딘가로 가버렸다. 모레 9월 20일에 가을 히간이 시작된다.

• 입춘·입하·입추·입동 전 약 18일간의 기간. 주로 입추 직전 삼복 무렵을 의미하는 경우가 많으며, 이때 장어와 같은 보양식을 먹는다.

• 춘분이나 추분의 전후 각 3일을 합한 7일간.

그러므로 노라의 180일째 되는 날은 가을 히간의 딱 중간 날에
해당한다.

노라는 이제 돌아오지 않는 걸까.

이따금 그런 생각도 든다.

그러나 또 한편으론 지금 당장이라도 돌아올 것만 같다.

료고쿠*의 올해 가와비라키*는 7월 20일이었다. 작년엔 나
가서 불꽃놀이를 봤기 때문에 그때 기억이 아직 생생하다. 올
해는 자정 지나서부터 비가 내리긴 했지만 밤중에는 날씨가
좋았다. 우리 집 코앞까지 불꽃 소리가 들려왔다. 저 멀리 굉음
이 달 없는 밤하늘을 타고 날아와 뜰에 심은 나무에까지 닿았
다. 어두컴컴한 정원을 바라보면서 가만히 그 소리를 듣는데,
오늘 밤 이 아득한 불꽃 소리가 그치기 전에 노라가 반드시 돌
아오리라는 생각이 들었다. 료고쿠의 불꽃놀이가 그 신호 같
았다. 생각만으로도 기운이 솟아서 줄기차게 이어지는 굉음을
즐거운 마음으로 들었다. 당장이라도 툇마루 앞 희미한 빛 속
에서 노라가 모습을 드러내리라. 이쪽으로 총총 걸어 다가온
다. 아니면 한달음에 달려와 무릎 위로 올라오든지.

멀리 불꽃 소리가 한층 격해져 한동안 계속 울려 퍼지더니
어느새 감쪽같이 그치고 더는 아무 소리도 나지 않았다. 불꽃

• 스미다강 료고쿠 다리 주변 일대를 이르는 말.

• 그해 강 놀이 개시를 축하하는 의미로 강가에서 불꽃놀이를 하면서 즐기
는 연중행사.

놀이는 끝난 모양이다. 노라는 돌아오지 않았다.

올해 가을벌레는 내가 사는 곳의 경우 8월 23일, 즉 노라의 150일째 되는 날 밤부터 귀뚜라미가 울었고, 그 이튿날 밤부터는 어리귀뚜라미도 울기 시작했다. 방울벌레는 그보다 먼저 울기 시작했을지도 모른다.

점차 벌레 울음소리가 잦아지고 밤바람도 부쩍 차가워지면서 가을이 깊어졌다. 툇마루 끝 유리창을 활짝 열어두고 어스름 내린 정원을 바라보고 있으면 당장이라도 노라가 돌아올 듯한 기분이 든다. 정원 징검돌이 저쪽 어둑한 구석자리부터 빛 드는 곳까지 이어져 마루 바로 앞까지 닿아 있다. 요란한 가을벌레 울음소리 속에 모습을 드러낸 노라가 징검돌을 밟고 총총 이쪽으로 걸어올 것만 같다. 노라가 늘 앉아 이른 봄볕을 쬐던 징검돌 하나가 눈에 띈다. 가을밤 어스름 위에 그 돌 하나만 두둥실 떠 있는 것처럼 점점 윤곽이 선명해지고, 지금 당장이라도 노라가 그 위로 올라와 앉을 것만 같다. 바라보고 있자니 그 돌 위에서 볕을 쬐던 올봄 노라의 모습이 선연히 떠올라 눈물이 앞을 가려서 줄지어 놓인 징검돌이 부옇게 흐려지고 만다. 벌레는 점점 더 목청 높여 우는데, 노라는 아직 돌아오지 않는다.

노라는 이제 정말 돌아오지 않는 걸까.

하지만 반년이 대수랴, 적어도 일고여덟 달은 기다려봐야 한다. 분명 돌아올 테니 기다려봐라, 1년이 지나 돌아온 고양이도 있다, 그런 편지와 전화를 여기저기서 받았다. 그런 말을 들으면 정말 그럴 것만 같고 또 그렇게 믿고 싶어진다. 그렇다면 노라는 어디서 어떻게 지내고 있는 걸까.

집에서 나간 그 이튿날 내린 폭우 때문에 집으로 돌아오는 길을 찾지 못하고 어딘가를 떠돌다가 그대로 길고양이가 되어버린 걸까. 하지만 1년 반을 우리 집에서 지낸 노라에게 길고양이가 되어 살 만한 재주가 있을 것 같지는 않다.

노라가 고양이 장수에게 잡혀갔으리라고 말하는 사람도 있다. 확인할 방법이 없으니 그런 일이 없다고 단언할 순 없지만, 본 잡지 8월 호의 「노라야, 노라야」에 쓴 이유로 일단 그런 경우는 고려하지 않아도 될 듯하다.

그런데 고양이 장수 이야기를 하는 사람들은 아무래도 그렇게 생각하는 게 즐거운 모양이다. 고양이 장수에게 잡혀가 가죽이 벗겨져 샤미센에 덧입혀졌을 테니 아마 지금쯤 어느 미인의 무릎 위에 올라가 있을 것이란다. 누군가의 고양이가 사라졌다고 하면 바로 그런 그림을 떠올리는 이들의 조상님은 과연 어떤 분들인지 몹시 의심스러워진다.

2

본 잡지에 실린 「노라야」, 「노라야, 노라야」와 그 외의 글을 엮은 단행본이 곧 나올 예정이라 지금 교정 작업 중이다.

누구든 다 그럴 테고 또 당연한 일이긴 하지만, 나는 글 한 편을 완성한 후 늘 퇴고에 뼈를 깎는데 수차례 검토해보지 않고선 원고를 편집자에게 넘길 엄두가 나지 않는다. 그런데 이건 읽어준 분들께 죄송한 일이라 솔직히 말하기가 조금 꺼려지지만, 「노라야」와 「노라야, 노라야」는 퇴고는 고사하고 완성된 원고를 대충 훑어보는 수준의 작업조차 하지 않았다. 도저히 할 수가 없었다. 마감에 쫓겨서가 아니다. 괴로워서 내가 쓴 글을 다시 읽을 수가 없었다. 가까스로 쓰긴 했지만 그걸 다시 읽을 용기는 없었다. 그러니 원고에 오자와 탈자 혹은 중복된 문장이 있었을지도 모른다. 그 모든 것에 모른 체 눈을 감고 휘갈겨 쓴 원고를 편집자에게 넘기면서 그러한 사정이 있으니 아무쪼록 잘 처리해달라고 부탁했고, 나는 그저 내 흐트러진 마음이 내 손으로 쓴 원고 속 그때로 되돌아가지 않기만을 바랐다.

곧 새 잡지가 완성되어 내가 쓴 글이 활자가 되어 실렸다. 그 잡지를 받아들었는데, 평소라면 먼저 내가 쓴 글부터 읽어보겠지만 「노라야」와 「노라야, 노라야」는 그 부분을 펼쳐보지도 않았다. 그러니 완성도가 높지 않은 것은 당연지사, 얼마나 어떻게 나쁜지는 지금도 모른다.

그 글이 이제 단행본으로 나오려고 한다. 교정을 담당하는 사람이 이런저런 질문과 상의를 해온다. 「노라야」의 한 부분에 관해 질문을 받았다. 교정지를 내 앞에 들이미는데 보고 싶지 않으니 마음대로 하시라고 말할 순 없는 노릇이다.

「노라야」의 4월 15일자 부분으로, 그때 문득 다음과 같은 한 구절이 눈에 띄었다.

"저녁 무렵, 화장실 앞 담 위에 노라와 닮은 고양이가 있었다. 아니라는 건 알지만 가만 들여다보니 많이 닮은 듯했다. 마르고 볼품없지만 노라도 이미 그만큼 말랐으리라는 생각도 들었다. 너무 신경이 쓰여 아내에게 쫓아버리라고 했는데, 옆집 정원으로 내려가는 뒷모습을 보니 꼬리가 짧기에 노라가 아님을 확신했다."

이때 본 꼬리 짧은 고양이가 지금 우리 집에 들어와 지내는 길 잃은 고양이 쿠루츠다. 이 고양이가 그때부터 우리 집 주위를 배회했다는 사실은 몰랐다. 4월 15일을 전후로 하여 이 고양이에 관해 쓴 글이 더 있는지 어떤지는 기억나지 않지만, 쿠루츠를 확실히 의식하기 시작한 것은 5월 11일 이후, 즉 두 번째 원고인 「노라야, 노라야」를 쓰기 시작한 후부터다.

아주 볼품없는 고양이로 마르고 때가 탔으며 야옹야옹 우는 소리도 무척 처량했다. 거기다 왼쪽 눈에 문제가 있는지 늘 눈물을 달고 있었다. 꼭 울고 있는 것 같아 딱했다.

노라가 나간 후부터 다른 고양이 여러 마리가 집 주위를 배회하며 서로 싸움을 하고 쫓아다녔다. 그 고양이들에게 헛간 앞 정해진 장소에 먹을 것을 내어주기로 했다. 그렇게 모여들다 보면 언젠가 노라도 그중 한 마리를 따라 함께 올지도 모른다고 생각했다. 언제든 노라가 돌아오면 먹이려고 챙겨둔 맛있는 음식을 시간이 너무 흐르기 전에 그 속에 섞어서 내어주기도 했다.

고양이 몇 마리가 교대로 와서 먹고 가는 듯했는데 늘 예외

없이 헛간 앞에 모습을 드러낸 녀석은 쿠루츠였고, 받아먹는 쿠루츠도 주는 우리도 차츰 습관이 되어 결국 비 오는 날에는 쿠루츠를 헛간에 들이게 되었다.

곧 비 내리지 않는 날에도 헛간 안에서 자게 되었고, 배가 고프면 쉽게 열리는 헛간 문을 제 발로 열고 나와 부엌 입구에서 야옹야옹 졸랐다.

노라 생각이 나서 안쓰럽기도 하고 또 털이 노라와 쏙 빼닮아 왠지 쫓기 힘들기도 해서 차츰 친해지게 되었다.

쿠루츠는 비가 억수같이 쏟아진 날 아내가 부엌에 들여준 것을 계기로 마침내 부엌문을 통해 집 안으로 들어오게 되었다. 집에 들어오면 사람 얼굴을 올려다보면서 야옹야옹 운다. 늘 눈물을 흘리고 있기 때문에 꼭 울면서 들어오는 것처럼 보인다. 아내가 거즈를 붕산수로 적셔 눈을 닦아준다. 노라와 닮아서인지 아내가 안아 올려선 무어라 말을 건다. 그리고 보니 나도 이 고양이에게 묻고 싶은 것이 있다.

3

「노라야, 노라야」, 그 후의 일기

6월 14일 금요일 노라 80일
맑음.
쿠루츠를 만지지 않을 생각이었는데 어제오늘 나도 모르게 등을 쓰다듬었다. 그 거칠거칠한 털이라니. 생각해보면 노라는 털이 꼭 비단결 같았다. 노라의 형제는 아닐지도 모르겠다.

6월 16일부터 22일까지 「센초의 버드나무」* 여행 중.

6월 27일 목요일 노라 93일
종일 비.

올해 다섯 번째 태풍이 규슈 서쪽 바다에서 소멸한 후 폭우가 이어져, 노라가 집을 나간 그 이튿날 밤과 꼭 닮은 빗소리가 난다. 오늘도 부엌문을 열면서 노라는 아직 돌아오지 않는 걸까, 지금 이렇게 문을 열어둔 사이에 돌아오진 않을까 생각해본다. 말도 안 되는 생각이다. 물보라가 심해서 이래서야 고양이는 걸 수도 없을 것이다. 3월 28일의 그 밤과 똑같다는 생각에 문득 슬퍼져서 물보라가 이는 문을 닫을 수가 없다. 이렇게 빗소리 요란한 밤, 노라는 어느 집에 흘러들어가 있는 걸까.

6월 28일 금요일 노라 94일
비.

쿠루츠는 우리 집에 눌러앉아 시침을 뚝 떼고 지낸다. 원래 우리 집 고양이였다는 듯한 얼굴로. 어느 집 고양이인지는 모

• 노라를 잃고 상심한 우치다 햣켄을 위로하기 위해 편집자가 기획한 작품으로, 구마모토와 야쓰시로 등의 지역을 열차로 여행하고 기록한 수필이다.

르겠지만 집고양이인 것만은 확실하다. 절대 길고양이는 아니다. 과하다 싶을 만큼 사람을 반긴다. 집 안 여기저기를 돌아다니는 쿠루츠를 보면 노라도 한참을 헤매다 결국 집에 돌아오지 못하고 쿠루츠처럼 다른 집에 흘러들어가 지내고 있으리라는 생각이 든다.

7월 1일 월요일 노라 97일
해 조금 비치고 흐림. 저녁부터 비.
쿠루츠가 개수대 한구석에 매달아둔 바구니 속 콩깍지에 발을 집어넣고 뭔가를 찾고 있다. 이 길 잃은 고양이가 뭘 하는 걸까 싶다. 우유는 원래 늘 주고 있고, 날 전갱이 토막을 좋아하던 노라와 달리 쿠루츠는 고등어를 좋아하는 듯해서 늘 떨어지는 일이 없도록 사두고 챙겨준다. 점점 고등어 제철이 가까워지니 싱싱한 가을 고등어의 빛깔이 퍽 먹음직스러워 보인다. 가끔 고양이의 식사를 가로채서 우리가 한두 조각을 함께 먹을 때도 있다. 그것 말고도 가다랑어포며 어묵이며, 쿠루츠는 음식이 궁할 일이 없는데도 그런 짓을 한다. 어디서 어떤 식으로 자란 고양이인지는 모르겠으나, 혼을 내주고 개수대 밑으로 내려보내고 나니 아무리 헤매다 들어왔다곤 해도 이제 우리 집 고양이라고 생각하면 좀 한심하다 싶었다. 하긴 원래 살던 집에서 나와 우리 집에 자리를 잡기까지 제법 오랜 시간 거리를 떠돈 듯하니 어쩔 수 없는 일일지도 모르겠다. 노라는 절대 그런 행동을 하지 않았다. 개수대 위에도, 부엌 선반에도 올라간 적이 없다. 하지만 노라도 벌써 100일 남짓 집을 비웠다. 돌아와서 어떤 행동을 할진 모르겠지만, 얼마든지 버릇없이 굴어도 좋으니 하루빨리 돌아오렴.

7월 2일 화요일 노라 98일
맑다가 차차 흐려져 밤에 비.
밤에 집을 나간 쿠루츠가 자정 넘어 잠자리에 들 때까지도 돌아오지 않는다. 쿠루츠가 5월 언젠가부터 우리 집에서 지내기 시작한 후로 제법 많은 시간이 흘렀다. 밖에서 들어온 고양이긴 하지만 돌아오지 않는다고 생각하면 조금은 쓸쓸해진다. 하지만 노라와는 달리 뭐 어쩔 수 없는 일이겠거니 싶다.
그렇게 생각하며 자고 일어나니 집에 돌아왔다. 비가 내려서 돌아오지 못했던 것이리라.

7월 9일 화요일 노라 105일
흐리고 비. 오후에 가랑비.
사소한 일을 계기로, 혹은 아무 이유도 없이 문득문득 노라를 떠올린다. 되도록 생각하지 않으려 애쓰는데도 떠오른다. 떠오르면 괴롭다. 대엿새 전에 노라를 찾는 네 번째 신문 전단지 5500장이 완성되었지만, 지금은 일을 하는 중이라 그걸 뿌려 여기저기서 전화가 오면 곤란하니 일이 마무리될 때까지 기다릴 생각으로 그대로 두었다. 노라 생각이 나서 괴로울 땐 전단지가 이미 완성되어 있으니 곧 배포하면 된다는 생각만으로도 제법 마음이 편안해진다.

7월 15일 월요일 노라 111일
흐림.
저녁에 외출하기 전에 현관문을 열다가, 어이쿠, 울타리 문에 노라가, 하고 놀랐는데 다시 보니 쿠루츠였다.

7월 16일 화요일 노라 112일
흐림. 살짝 흐림. 희미한 천둥소리. 밤비.
낮에 기쿠시마가 신문 전단지와 영자 신문에 넣을 영문 전단지 500장을 신문 배달소에 전해주고 고지마치 경찰서에도 전달했다.

7월 17일 수요일 노라 113일
흐림.
오전에 고지마치 4초메 근처 어느 집에서 노라와 닮은 고양이가 있다는 연락이 왔다. 그 바로 근처에 있는 정육점의 세이 씨가 대신 가주었다. 굉장히 많이 닮았다기에 아내가 급히 달려갔지만 그땐 밖에 나가고 없었다고 한다.
오후에 히라야마가 와 있을 때 고지마치 경찰서에서 전화가 왔다. 언젠가 수색원을 냈던 가구라자카 경찰서에서 가가초의 어느 집에 닮은 고양이가 있다는 연락을 받았으니 가서 확인해보라는 것이었다. 아내가 히라야마와 함께 갔지만 노라가 아니었다.

저녁께 오늘 오전에 갔던 고지마치 4초메에서 그 고양이가 와 있다는 연락을 받고 아내가 달려갔다. 이번에도 노라가 아니었다.

7월 18일 목요일 노라 114일

비. 흐림. 해 조금 나다가 갬. 저녁에 흐림.

아침에 잠에서 깼다가 다시 눈을 붙이려는데 일곱시, 아홉시 반, 열한시 반에 노라 연락이 와서 잠이 깼다. 오전에 아내가 구단의 게이샤집과 산반초의 어느 집, 오쓰마 학교 옆 어느 집, 구단 3초메의 어느 집에 찾으러 갔는데, 첫 세 집의 고양이는 노라가 아니었고 네 번째 집은 갔을 때 고양이가 없었다.

7월 19일 금요일 노라 115일

흐림. 햇빛 조금. 반쯤 갬. 저녁에 흐림.

오늘도 오전 중에 두 번 노라 연락이 왔다. 16일에 전단지 광고를 낸 후로 여기저기서 전화가 밀려들어 조금 정신이 없지만 노라를 찾기 위함이니 상관없다.

처제가 용하다는 점쟁이에게 점을 봤더니 노라는 살아 있다고 한다. 히라카와초 방향에 있다는 모양이다. 점괘 같은 건 믿지 않지만 그 부근도 찾아볼 생각이다. 아내가 낮에 고지마치 5초메의 어느 집에 닮은 고양이를 보러 갔는데 역시 아니었다. 아내는 다시 나가서 히라카와초에 있는 동물병원에 노라가 있을 만한 곳을 묻고, 그 부근 미군 시설에 영문 전단지를 넣어달라고 부탁한 후 돌아왔다.

아내가 집을 비운 사이 어젯밤에 나갔던 쿠루츠가 돌아와서 밥을 먹고는 담 위에 올라갔다. 담 위에서 나뭇가지에 앉은 참새를 노렸는지도 모른다. 무슨 소리가 나는가 싶었는데, 노라가 어릴 때 빠졌던 그 물독에 쿠루츠가 떨어지는 소리였다.

쿠루츠는 곧바로 기어 올라와선 흠뻑 젖은 채 정원으로 향했다. 이 고양이는 어째서 노라가 하던 행동을 그대로 다 하는 걸까. 서재 창을 득득 긁고, 화장실 밖 울타리 문 위에서 야옹야옹 사람을 부르고. 노라와 똑같은 행동을 해서 늘 신경이 쓰였는데 이젠 노라가 빠졌던 물독에까지 빠졌다.

물독은 헛간 옆 감나무 그늘에 있다. 노라는 거기 빠졌다가 연이 닿아 우리 집 고양이가 되었다. 쿠루츠도 같은 물독에 빠져 물을 뒤집어쓰고서 노라의 빈자리를 차지할 셈인 걸까.

7월 20일 토요일 노라 116일
흐림. 해 조금 남. 자정 넘어서부터 비.

저녁께 아내가 센다가야에 있는 동물애호협회에 노라를 찾으러 갔지만 의미 없는 짓이었다. 애호협회라는 곳은 고양이나 개를 '잠들게 해주는', 다시 말해 죽여서 뒤처리를 하는 곳인 모양이다.

7월 27일 토요일 노라 123일

흐림. 가랑비. 저녁에 살짝 흐림.

오늘 아침 잠에서 깨기 전 꾼 꿈에, 반초 소학교 담에 바싹 붙여서 세운 우리 집 담 철책 위에 털색이 밝은 고양이가 있었다. 그런 곳에 고양이가 있을 리 없는데, 분명히 있었다. 틀림없는 노라여서 무척 기뻤다.

7월 28일 일요일 노라 124일

맑음. 오후 화창. 긴 장마가 끝난 모양.

어릴 적 살던 시호야의 부엌 입구였을지도 모르겠다. 쿠루츠가 그 부엌 앞을 지나 맞은편으로 갔다. 그 뒤를 따라 쿠루츠보다 몸집이 크고 털색이 좀 더 옅고 밝은 느낌의 고양이가 그쪽으로 가려 하는데 잠에서 깼다. 노라였다는 생각이 든 건 일어나고 난 후였다.

7월 29일 월요일 노라 125일

맑음.

요 이삼일, 노라가 별채를 짓기 전과 완성된 직후에 정원 징검돌 위에 올라앉아 따스한 이른 봄볕을 쬐면서 이쪽을, 나를 바라보던 모습이 떠올라 눈길을 거두었다.

7월 31일 수요일 노라 127일

맑음. 살짝 흐렸다가 오후에 화창해짐.

오늘도 노라 연락이 두어 통 왔다. 썩 확실치 않은 정보도 있지만, 지금은 그런 연락만이 유일한 희망이다.

8월 1일 목요일 노라 128일

맑음. 오후도 맑음.

어제와 오늘 34.5도. 연일 바람 한 점 없어 견디기 힘들었는데 오늘은 살짝 바람이 분다.

오늘은 왜인지 하루 진종일, 오후에도, 밤에도, 새벽 네시에 잠들 때까지도 거듭거듭 노라 생각만 나서 눈물이 마를 새 없었다. 정말로 노라는 어떻게 된 걸까. 어디에 있을까. 어쩌면 이제 어디에도 없는 걸까.

8월 2일 금요일 노라 129일

맑음, 오후 화창.

밤에 산반초의 어느 가게에서 노라 연락이 왔다. 지금 있다는 이야기는 아니었다.

8월 8일 목요일 입추 노라 135일

비. 희미한 천둥소리. 오후에 흐림.

새벽 네시 반, 멀리서 들리는 천둥소리와 쿠루츠가 지붕 위를 걷는 소리에 잠에서 깼다. 쿠루츠에게 창문을 열어주고 나니 좀처럼 더 잘 수가 없었다.

밤이 되자 쿠루츠가 팬스레 아내와 내게 몸을 비비는데, 꼭 무언가 할 말이 있는 것처럼 보인다. 제법 오랜 시간 우리와 함께 지냈기 때문에 이 고양이도 밉지는 않다. 이제 원래 살던 집으로 돌아가겠다는 말을 하려는 건 아닐까. 분명 어디 집고양이일 테니 돌아간다면 그게 제일 좋지만, 곧장 집으로 돌아가야지 또 도중에 길을 잃어서야 딱하다. 아내와 의논한 후 노라를 위해 준비해둔, 작은 방울이 달린 목걸이를 채워주기로 했다. 금속 부분에 우리 집 주소와 전화번호가 새겨져 있으니 혹 길을 잃는다 해도 찾을 단서가 된다. 자기 집에 돌아간 후 그 집에서 연락을 줄 수도 있다. 쿠루츠는 목걸이를 차더니 전혀 성가신 기색 없이 딸랑딸랑 방울 소리를 낸다.

노라 것은 새로 하나 더 부드러운 가죽으로 만들어두어야겠다.

8일 9일 금요일 노라 136일
맑음.
쿠루츠가 어젯밤 채워준 목걸이 방울을 딸랑이며 복도에 있는데, 밥상 근처로는 오려 하지 않는다. 예절 바른 고양이다. 그러다가 문득 노라가 다른 집에서 지내는 동안 버릇 나쁜 고양이가 되어 행여 밥상에 손을 뻗다 혼이 나고 있진 않을까, 그런 생각을 했다.

8월 14일 수요일 노라 141일
흐림. 이슬비 내리다가 갬.

아침에 오기쿠보에서 노라 연락이 왔다. 조금 멀다 싶긴 하지만 무어라 확신할 수는 없다. 한 줄기 희망을 품고 다음 연락을 기다린다. 두 번째 전화로 노라가 아님이 판명되었다.

8월 15일 목요일 노라 142일
가랑비. 흐림.
오전에 니시치도리에서 노라 일로 전화가 와서 눈을 떴다. 노라가 아니었다.

8월 17일 토요일 노라 144일
흐리고 해 조금 비침. 오후에는 맑다가 흐려짐.
저녁 일곱시가 지나 로쿠반초의 어느 집에서 노라가 아닐까 싶은 고양이를 붙잡아두었으니 보러 오라는 전화가 왔다. 바로 아내가 가서 확인했지만 노라가 아니었다.

8월 31일 토요일 노라 158일
맑음. 초가을 아침다운 시원한 날씨.
히라야마가 노라를 위해 준비한 새 목걸이를 들고 왔다. 금속 부분에 주소와 전화번호를 새기느라 시간이 걸렸다고 한다. 전에 있던 목걸이는 8월 8일 입추부터 쿠루츠가 차고 다닌다.

9월 1일 일요일 노라 159일

흐리고 이슬비. 기온이 떨어져 25.5도.

자려고 누웠는데 쿠루츠가 이부자리에 와서 누웠다가 다시 주위를 어슬렁거리기에, 그런 행동을 한 적이 없는 노라가 가엾어져 지금쯤 어찌 지내고 있을까 싶은 생각에 눈물이 나서 혼났다.

9월 3일 화요일 노라 161일

흐림. 저녁에 살짝 흐림.

자정에 펜을 내려놓은 순간부터 노라 생각이 나서, 어쩌면 이제 돌아오지 않는 게 아닐까 생각하니 가엾고 또 사랑스러워서 엉엉 소리 내어 울었다.

9월 5일 목요일 노라 163일

맑고 화창하다가 조금 흐려짐.

쿠루츠도 미운 고양이는 아니지만 계속 선반 위에 올라가서 큰일이다. 노라는 한 번도 부엌 선반에 올라간 적이 없다. 빨리 밥을 달라고 조를 땐 개수대 가장자리에 앞발을 올려 발돋움을 했다. 그 모습이 떠오른다. 작디작던 노라가 그렇게나 크게 자랐었다.

9월 13일 금요일 노라 170일

흐림. 가랑비. 자정 넘어서부터 본격적으로 쏟아짐.

쿠루츠가 아주 태연하게 늘어져 있기에 넌 도대체 어느 집 고양이냐, 물었더니 아내가 안아 올리며 우치다 씨 댁 고양이지요, 한다. 이제 더 이상 돌아갈 일은 없을 테고 그건 상관이 없는데, 매일 밤 꼭 이부자리에 와서 잠을 자려 한다. 노라는 절대 그러지 않았다. 추운 겨울밤, 방에서 난로를 켜고 있으면 살금살금 다다미를 밟지 않도록 걸어 들어와 아내가 누운 이불 끝자락으로 올라오곤 했다. 그렇게 조심스럽던 노라가 가여워 견딜 수가 없다.

9월 20일 금요일 노라 177일

맑음. 해 조금 나다가 오후에 흐림. 자정부터 가랑비.

밤 열시쯤 노라와 닮은 고양이가 있다는 전화가 왔다. 꼬리는 비슷했지만 배가 흰색이 아니라고 하니 노라는 아니다.

9월 21일 토요일 노라 178일

맑은 가을날.

오늘 오후에도 노라인 듯한 고양이가 있다는 전화가 왔다. 비록 노라는 아니었지만 이렇게 많은 시간이 흘렀는데도 세상 사람들이 아직 노라를 기억해준다는 사실이 참 고맙다.

9월 26일 목요일 히간 끝 노라 183일

이슬비. 흐림. 오후부터 다시 비.

오후에 일어나 이부자리에 앉아 담배를 피우면서 신문을 보는데, 오락가락 이슬비 내리는 정원에서 쿠루츠가 헛간 양철 지붕을 쿵쿵 밟고 내려오더니 곧장 방 입구에 얼굴을 내밀곤 그대로 총총 들어와 이부자리 뒤로 가서 잠들었다. 노라도 밖에서 돌아오면 꼭 먼저 방 앞에 와서 얼굴을 비친 다음 다시 온 길을 돌아가 부엌에 가거나 욕실에 들어가 욕조 덮개 위에서 잠들곤 했다. 방 안으로 들어오지 않던 노라를 떠올리면 가여워 눈물이 멈추지 않는다. 그렇다고 지금 내 뒤에서 턱을 젖힌 채 마음 푹 놓고 잠든 쿠루츠를 혼낼 이유도 없다.

4

옛 노래 가사 중에 이런 게 있다.

고양이의 새끼, 새끼 고양이
이름은 오시즈
참 이상한 이름을 가진 고양이로구나
오시즈야, 오시즈
조용히 가서
쥐를 잡아오렴

쥐를 잡는 건 고양이의 재주 중 하나다. 한데 우리 집에는 노라를 키우기 전부터 쥐라곤 한 마리도 없었다. 쥐가 드나드는 구멍을 일일이 정성껏 막아 쥐의 침입을 다 차단했다.

오래전부터 그래왔기 때문에 쥐에게 시달린 적은 없다. 노라가 들어와 살게 된 후에도 집 안에 노라의 사냥감은 없었다. 노라는 정원으로 나가면 바로 옆 학교와의 경계에 세운 콘크리트 담 아래에 몸을 웅크리고 앉는다. 거기에 난 작은 구멍으로 드나드는 쥐의 그림자라도 본 것이리라.

노라가 집에 없어 찾아보면 종종 그 구멍 앞에서 보초를 서고 있었다. 한참을 꼼짝도 않고 있기에 쥐 같은 거 안 오니까 이제 그만 들어오렴, 하고 불러보아도 이쪽으로 고개 한번 돌리지 않았다.

그러다가 얼빠진 쥐 한 마리가 노라에게 붙잡혔다. 첫 공을 세운 노라가 그 쥐를 입에 물고 부엌문으로 달려 들어오는 바람에 온 집에서 한바탕 난리가 났다.

집 안에서 해를 끼치는 쥐를 퇴치해준 것이라면 괜찮지만 집에는 쥐가 없다. 밖에서 쥐를 물고 들어와 부엌이나 복도에서 오독오독 먹으며 주위에 피를 묻히거나 피 묻은 쥐 대가리를 막 굴러다니게 두는 건 용납할 수 없다. 아내와 둘이 달려들어 쥐를 문 노라를 쫓아다니며 겨우 밖으로 내보낸 후 물고 있는 쥐를 놓게 만들기 위해 노라가 좋아하는 치즈와 어묵을 들고 가서 비위를 맞췄는데, 생각해보면 고양이 입장에선 그런 음식보다는 쥐가 더 좋았을 게 분명하다. 절대 놓지 않겠다는 듯이 정원 풀 속에 기어들기도 하고 속새 수풀에 숨기도 했다.

노라는 엉겁결에 쥐를 놓고 집에 돌아왔지만 반쯤 죽은 쥐를 어디에 버렸는지 몰라 또 고생해야 했다. 저녁 어스름이 내리기 시작한 무렵이라 손전등을 들고 나가 간신히 엽란 밑에서 쥐를 발견했고, 땅을 파서 묻어주고 나서야 소동이 일단락되었다.

그제야 안심한 아내가 노라를 품에 안고 입 주위를 닦아주면서 고양이로선 납득하기 힘들 말로 노라를 타일렀다.

"노라야, 너는 착한 아이니까 이제 쥐 같은 건 잡는 거 아니야."

노라도 썩 날랜 고양이는 아니었지만 쿠루츠는 그보다 더 요령이 없다. 노라의 쥐 사냥 같은 영웅적 행위는 쿠루츠에겐 가능할 성싶지도 않으니 지금으로선 일단 안심이다.

노라는 그 무렵 이미 장난기가 많이 줄었는데, 쿠루츠는 여전히 걸핏하면 흥이 올라 도무지 멈출 수가 없는 모양이다. 혼자 마구 뛰어오르다가 한번은 밤중에 응접실 화병을 넘어뜨렸다. 처음엔 노라의 형인지 동생인지 헷갈렸는데 최근 들어 확실해졌다. 노라보다 적어도 한 철은 늦게 태어난 게 분명하다. 어쩌면 올 초봄에 첫 발정기가 와서 원래 살던 집을 나왔다가 길을 잃고 우리 집으로 흘러들었을지도 모른다. 그러니 노라도 분명 어딘가에 살아 있을 것이다.

쿠루츠는 노라보다 몸집이 작다. 아직 덜 자란 게 아니라 아마 타고난 체격일 것이다. 그래도 5월 중순경 처음 우리 집에 들어왔을 때와 비교하면 제법 살이 오르고 덩치도 커졌다. 처음엔 털이 거칠어서 노라의 감촉과는 전혀 딴판이라고 생각했는데, 요즘엔 털이 많이 부드러워지고 윤기도 돈다. 전체적으로 많이 예뻐지긴 했지만 꼬리가 참 빈약하고 볼품이 없다. 엉덩이 끝에서 난 게 아니라 등허리 중간에서부터 감겨 올라간 느낌인 데다 꼭 쥐꼬리처럼 짧다. 심지어 그게 노라의 꼬리 끝처럼 휘어 갈고리 모양이다. 덕분에 늘 고환과 항문이 훤히 드러나 있다. 뒤에서 보면 참 흉하다.

노라가 맛있는 음식을 먹고 있을 때 종종 뒤에서 꼬리를 잡아당기곤 했다. 싫어한다는 건 알고 있지만 만약 싫다는 듯한 소리를 내면 혼을 내줄 작정이었다. 분명 싫었을 텐데도 노라는 나보다 한 수 위라 한 번도 성가시다는 티를 낸 적이 없다. 모르는 척 그저 먹고 싶은 음식을 먹었다. 쿠루츠에겐 아직 시도해본 적이 없다. 잡아당길 만큼의 꼬리도 없어서 그럴 마음도 들지 않는다.

쿠루츠는 입매에 이렇다 할 특징이 없지만, 노라는 입을 꾹 다물고 내 쪽을 보고 있으면 배우 기치에몬이 분(扮)한 아케치 미쓰히데* 같은 느낌이 났다. 기치에몬뿐만 아니라 내 지인 중에도 입매가 노라와 닮은 교수가 하나 있는데 기분이 상할 수도 있으니 이름은 밝히지 않겠다.

고양이의 가장 사랑스러운 부분은 바로 귀다. 내 쪽을 향해 쫑긋 서 있을 때도 반대쪽을 보며 세모난 뒷모습을 보일 때도 늘 아주 천연덕스럽고 당당한데, 그 조그마한 귀를 한쪽씩 움

---

* 일본 전국시대의 무장. 혼노지의 변을 일으켜 오다 노부나가를 배신, 죽음에 이르게 만든 인물.

직이면 그럴 때 가장 고양이답다. 노라가 멍하니 있을 때면 늘 귀를 착착 접어주곤 했다. 한쪽을 정성껏 접어주고 이걸로 됐다 싶어 나머지 한쪽을 접으려 하면 기껏 다 접어놓은 귀를 다시 쫑긋 세운다. 가끔 두 귀를 다 접어준 적도 있다. 쿠루츠의 귀는 작아서인지 뻣뻣해서인지 아니면 탄력이 너무 좋은 탓인지 한쪽도 성공해본 적이 없다.

노라도 더러 눈곱이 끼어 아내가 닦아주곤 했지만 쿠루츠처럼 눈물을 흘린 적은 없다. 쿠루츠는 우리 집에 처음 왔을 때부터 지금까지 쭉 눈이 낫질 않는다. 거즈를 붕산수에 적셔 닦아줄 뿐만 아니라 약국에서 소아용 점안수를 사 와서 넣어주기도 한다. 하나를 다 비울 때까지도 낫지 않아서 지금 두 개째를 넣는 중이다. 요 며칠 조금 좋아진 것 같기도 한데 밖에서 돌아올 땐 늘 눈에 눈물이 가득하다.

쿠루츠는 이미 우리 집을 제 집이라 여기는 모양인지 노라가 그랬듯 정원을 이리저리 뛰놀다가 다른 고양이가 나타나면 담 위로 올라가 싸운다. 그러다가 코끝에 상처를 입고 돌아온다.

"어떤 고양이가 그랬어? 담번에 또 오면 아주 혼쭐을 내줘야겠어. 넌 늘 지기만 하니까 그렇게 무기력한 거야."

그럴 때마다 아내가 치료를 해주며 그렇게 말한다.

"서로 때려준 걸 수도 있잖아, 그렇지, 쿠루츠?"

상처를 입고 돌아왔다고 해서 꼭 졌다고 단정 지을 수는 없는 법. 내가 옆에서 편을 들어준다.

노라도 다쳐서 돌아올 때가 있었지만 쿠루츠는 노라보다 더 약한 모양이다. 어딘지 모르게 시무룩하고 기운이 없다. 요즘엔 조금 밝아진 듯한 느낌도 든다.

노라를 어릴 때부터 방에 들이지 않은 이유는 새에게 달려들 우려 때문인데 노라는 그게 버릇이 되고 습관이 되어 신경 쓸 일이 없었지만 쿠루츠는 다른 집에서 자랐기 때문에 그런 건 개의치 않는다. 처음 집에 왔을 때부터 서슴없이 방에 들어갔다. 그래서 우리가 주의를 기울여 쿠루츠가 새 쪽을 보려고 하면 바로 머리를 콩 쥐어박아 못 하게 한다.

그렇게 신경을 쓰는데도 한순간 방심한 틈을 타 쿠루츠가 침실 선반 위 새장에 있는 미야자키 동박새에게 달려들려고 한 적이 있는데, 기둥을 타고 오른 순간 아내가 발견해서 머리를 쥐어박아 혼을 낸 덕에 탈 없이 지나갔다. 다시 안아 올려 동박새를 보여주면서 나도 몇 번 머리를 콩콩 쥐어박았다.

쿠루츠는 아주 의기소침해져선 귀를 아래로 바싹 붙이고 작아졌다. 품에서 내려보내니 내 다리 옆에서 머리를 바닥에 대고 빙글 드러누워 복종의 의사를 표했다. 혼이 날 땐 늘 그렇게 한다. 어리광을 부릴 때도 마찬가지다.

이삼일 전 아침, 내 맞은편에 덩치 큰 사자가 있는 꿈을 꿨는데 몸통이 다다미 한 장 길이는 되어 보였다. 그 커다란 사자가 내가 보는 앞에서 머리를 땅에 대더니 꼭 쿠루츠가 하듯이 빙글 옆으로 드러누웠다.

쿠루츠는 고등어를 좋아해서 매일 끼니로 먹는다. 그리고

그 사이사이 치즈나 가다랑어포를 먹는다. 가다랑어포를 먹을 때 잘게 찢고 있는 아내 옆에 가지런히 앉아 양발을 앞으로 모아 짚고서 늘 같은 자세로 얌전히 기다린다. 키워준 원래 집에서 그런 예절 교육을 받았으리라. 그 모습을 보고 있으면 이 길 잃은 고양이가 딱해진다.

노라는 가다랑어포를 먹지 않았다. 노라의 주식은 날 전갱이였고 가끔 아내가 먹여주는 스시 위 계란말이를 무척 좋아했다. 아내 무릎에 양발을 올리고 계란말이를 받아먹던 모습이 떠오른다.

노라가 사라진 3월 27일로부터 벌써 반년이 흘렀지만 그사이 한 번도 스시를 먹지 않았다. 지금도 여전히 주문하고픈 마음이 없다. 한창 작업 중일 땐 그날 일이 다 끝날 때까지 저녁상 앞에 앉지 않기 때문에 그 순서가 매일 밤 늦어진다. 그래서 일을 시작하기 전에 간단한 요기를 해두기 위해 스시를 주문해서 먹는 일이 많았다. 이틀에 한 번, 어떤 땐 매일 연달아 먹기도 하다 보니 단골 스시집이 있는데, 3월 27일 이후로는 노라 생각이 날까 무서워 주문할 엄두가 나지 않는다.

5

요즘 들어 비가 자주 내린다. 오늘은 가을 밤비에 젖은 정원나무 저편으로 번개가 내달리더니 멀리서 가을 천둥 치는 소리가 빗소리를 억누르듯 울려 퍼졌다.

노라는 어디에 있을까. 가을비가 노라의 길을 적시며 하염없이 쏟아진다.

쿠루츠가 복도에서 재채기를 했다. 그 박자에 맞춰 목걸이 방울이 딸랑딸랑 울렸다. 노라의 목걸이는 만들어 온 그대로 종이봉투에 담아 서랍에 넣어두었다. 서랍을 열 때 종이봉투 속에서 딸랑딸랑 울리기도 한다.

쿠루츠가 복도에서 한껏 기지개를 켜더니 느릿느릿 방으로 들어왔다. 곁에 나란히 앉아선 내 얼굴을 빤히 본다. 이제 완전히 집에 자리 잡고 적응을 했는데 미운 고양이는 아니다. 꼬리가 짧을 뿐 털은 노라와 꼭 닮았고, 옆얼굴은 간혹 노라를 보는 듯한 착각이 들 정도다. 그래서 난처하다.

"이 녀석, 쿠루츠야. 그렇게 콧등을 쑥 내밀고선, 넌 도대체 어디 고양이냐. 어디서 왔는지는 모르겠다만 넌 노라를 아는 게지? 노라가 어디 담벼락 한구석이나 수풀 속에서 너한테 난 이제 집에 돌아갈 수가 없으니까 네가 나 대신 우리 집에 가서 지내렴, 그렇게 말한 것 아니냐. 안 그러냐. 그런 일은 없는 게냐. 없어? 말도 안 되는 이야기냐, 어떠냐."

쿠루츠는 눈물이 고인 눈으로 나를 올려다보더니 덩치 큰 사자가 했던 것처럼 머리를 바닥에 대고 옆으로 빙글 굴렀다.

노라는 아직 돌아오지 않고

1

오늘은 3월 27일이다. 아침부터 시커먼 하늘이 머리 위를 뒤덮더니 가랑비가 내렸다. 비는 이따금 그쳤다가도 정원의 젖은 돌이 채 마르기 전에 다시 내리기 시작했고, 빗발은 차츰 거세어졌다. 어두운 구름 아래로 평소보다 이른 땅거미가 흘러 이미 밖은 보이지 않는다.

노라가 작년 3월 27일 낮에 정원의 속새 수풀을 헤치고 나가 집에 돌아오지 않은 지 딱 1년이 되었다. 작년 그날, 아침엔 얼음이 얼 만큼 추웠지만 날은 좋았고 오후엔 따뜻했다. 좀처럼 밖에 나간 적이 없는 노라가 날씨에 홀려 멀리까지 나갔다가 길을 잃었는데, 이튿날 28일에 꽃샘추위가 누그러지고 폭우가 내려 고양이가 지나는 길을 흠뻑 씻어 내리고 말았다.

그 후로 1년간, 날짜로 세어 365일간을 매일 노라가 돌아오기만 기다렸다. 늦은 시간 잠자리에 들 땐 닫힌 서재 덧문을 다시 열어 새까만 정원을 향해 노라야, 노라야, 노라야, 불러보지 않고선 직성이 풀리지 않았다.

작년 5월 하순, 노라가 나가고 50일 남짓 지났을 때 구마모토에 사는 어느 분이 집 나간 고양이를 반드시 돌아오게 해준다는 주술을 알려주었다. 노라를 기다리는 건 맞지만 주술까지 믿을 생각은 없었는데, 노라가 돌아오지 않는 하루하루를 세어가며 지내는 나날이 너무 괴로웠다. 오늘은 돌아오지 않았어도 내일은 꼭 돌아오리라고 믿고 싶었다. 매일을 새롭게 단락 짓기 위해 배운 주술을 실행하기로 했다. 노라가 쓰던 그릇을 깨끗하게 씻어 엎어놓고 그 위에 작은 약쑥을 올려 뜸을 뜬다. 시작한 첫날에 이미 지나간 50여 일 치를 한 번에 뜨고 그 후로 매일 밤 잠자리에 들기 전에 하나씩을 떴다. 그 임무를 아내가 이어받았다. 그릇 바닥이 점점이 탄 쑥으로 가득 차면 일단 그걸 쓸어내린 다음 또 새로 시작한다. 대개 백일 정도면 바닥이 가득 찼던 것으로 기억한다.

그 개수를 더해나가다 이윽고 365개가 되었다. 전부터 이 숫자에 다다르는 게 못내 마음에 걸리고 무서웠는데, 대엿새 앞으로 다가왔을 땐 이로써 딱 1년이 되었으니 매일 밤 뜸을 뜨는 건 365개로 끝내자는 생각이 들었다. 이삼일 동안 몇 번이나 그러자고 생각했지만 결국 그렇게 매듭을 짓고 끝낼 결심은 서지 않았다. 그 행위에 아무런 의미가 없을 수도 있지만 그만두는 일에도 의미는 없다. 고양이에겐 날짜 개념이 없다. 1년이 흐르든 뜸 개수가 365개가 되든 그런 것과 관계없이 우리가 자연스레 소홀히 할 때까지 이어나가면 그만이다.

쑥이 부족하지 않도록 떨어지기 전에 약재 가게에 주문하라고 아내에게 일러두었다.

2

작년 가을 「노라 위에 내리는 가을 소낙비」를 쓴 후의 일기 중 일부.

10월 5일 토요일 노라 192일

동틀 무렵 비. 흐림. 해 조금 남.

오후에 욘반초의 모 씨가 노라와 닮은 고양이가 온다며 연락을 주었다.

10월 7일 월요일 노라 194일

흐림. 살짝 흐림. 또 흐림.

오전에 집 근처 후타바 여학교 뒷문에 노라와 닮은 고양이가 있다는 연락을 받았다. 그런데 돌아다니는 중이라기에 확인하러 갈 때까지 거기 그대로 있을지 몰라서 포기했다. 오후에는 그저께 연락을 준 욘반초로 아내가 확인하러 갔지만 그 고양이는 없었다.

10월 13일 일요일 노라 200일

흐림. 맑음. 오후 화창. 24.5도

밤에 가만히 앉아 생각한다. 노라가 집에 돌아오지 못하고 있다. 이제 영영 돌아오지 못하는 게 아닐까 생각하니 가엾어 눈물이 멈추지 않는다.

10월 15일 화요일 노라 202일

맑음.

저녁에 외출한 사이 노라 연락이 왔다. 언젠가 대뜸 고양이를 데려오겠다고 해서 경계했던 사람과 똑같은 목소리로, 역시나 또 고양이를 데려오겠다고 했다. 꼬리가 짧다기에 그럼 노라가 아니라고 아내가 거절했다는데, 이번엔 상대의 주소지를 알아냈다고 한다.

10월 17일 목요일 노라 204일

동틀 무렵 비 온 후 흐림. 비. 오후에 바람 불고 때때로 비 그침. 밤에 갬. 22도.

일기예보에 따르면 오늘 올겨울 첫 계절풍이 분다고 한다. 아직 춥지는 않지만 늦가을 찬바람이 불기 시작해 해 질 무렵부터 바람이 거세어졌다. 별채에 앉아 유리창 너머로 밤이 내린 정원을 바라보는데, 정원 전깃불 사이로 떠오른 징검돌 위로 바람에 나부끼는 나뭇가지 그림자가 일렁인다. 무언가 이쪽으로 다가오는 것처럼 보인다. 바로 노라가 아닐까 생각하진 않지만 역시나 자연스레 노라 생각으로 이어지고 만다. 찬 바람이 불 때 차가워진 몸으로 돌아오던 노라를 생각한다.

11월 1일 금요일 노라 219일
맑음.
아침에 꾼 꿈에 노라가 나왔다. 어디 있는지 알게 되었다. 거기에 있다고 생각했는데 더 확실해지기 전에 흐지부지되어 안타까웠다. 하지만 꿈속에서 확실하다 한들 깨고 나면 그저 꿈일 뿐이다.

11월 2일 토요일 노라 220일
살짝 흐림. 흐림. 밤부터 비.
쿠루츠가 밤에 빗속으로 나가고파 하다가 곧 나가는가 싶더니 잠시 후 온몸에 시궁창 진흙을 묻히고 고약한 냄새를 풍기며 이목구비조차 분간하기 힘든 지저분한 몰골로 돌아왔다. 눈가와 코와 귀에 상처가 나 있었다. 싸움에서 지고 돌아온 것이리라. 아내가 이것저것 약을 발라 치료해주었다. 노라가 어디선가 이런 상황에 처하면 누가 치료해줄는지.

11월 3일 일요일 노라 221일
맑음.
새벽 두시가 넘어 이제 자야겠단 생각에, 매일 밤 버릇처럼 늘 하듯 노라가 드나들던 부엌문을 열어보았다. 거기로 노라가 들어오리라고 생각하지는 않지만 그래도 기다리는 마음으로 밖을 내다본다.

가을벌레인 어리귀뚜라미가 아직도 죽지 않고 남아 가락도 맞지 않는 느릿한 박자로 우는데, 꼭 노라가 멀어져가는 것만 같아 마음이 쓸쓸하다.

11월 8일 금요일 입동 노라 226일

맑음. 쌀쌀한 바람.

오후에 노라 일로 전화가 왔다. 꼬리에 관해 물었다는데 털이 달랐다는 모양. 전화는 그걸로 끝이었지만 아직도 마음을 써주는 이가 있음에 감사하다. 그러자 낯선 곳을 배회하다 결국 돌아오지 못하게 되었을 노라가 가여워져, 바깥바람이 벌써 이렇게 찬데 어디서 어찌 지내고 있을까 생각했다.

11월 11일 월요일 노라 229일

따뜻한 비. 오후에 남풍을 동반한 비. 저녁에 비 그치고 서쪽 하늘 갬, 밤에 다시 비.

밤 여덟시쯤 후카가와에서 노라 연락이 왔다. 조금 멀다 싶은 데다 배 부분 털에 얼룩이 하나 있어 결국 노라는 아니었지만 친절한 사람이라는 생각에 고마웠다.

11월 25일 월요일 노라 243일

맑음.

노라가 집을 나간 지 벌써 여덟 달이 흘렀으니 집에서 나는 소리를 듣고 돌아올 일은 없겠지만, 노라가 돌아올 때 늘 기어오르던 화장실 창문을 밤늦게 닫을 때면 공연히 큰 소리를 내며 다시 열어선 노라야, 노라야, 하고 불러본다. 지금 눈앞엔 노란 털머위 꽃 서너 송이가 희미한 밤 불빛 속에 피어 있다. 노라는 어떻게 되었을까.

11월 28일 목요일 노라 246일

맑음.

저녁에 히토쓰바시 학사회관에서 열린 아베 요시시게 씨의 모임에 나갔다. 술자리가 끝나고 나를 데리러 온 이시자키와 함께 시타야사카모토에 있는 술집에 들러 술을 한잔 더 걸쳤다. 나중에 술집 맞은편 가게에서 막 구운 따끈따끈한 이마가와야키°를 먹을 생각이었는데, 이시자키와 가게 앞에서 시간 가는 줄 모르고 장기를 두다가 정신을 차렸을 땐 이미 영업이 끝난 후였다. 술 입가심으로 무언가 먹고 싶은데 취한 상태라 어느 하나가 떠오르면 참을 수가 없다. 이마가와야키집이 닫았다면 소바라도 먹고 싶었지만 술집 주인이 대신 다녀온 결과 소바집도 문을 닫은 후였다. 하는 수 없이 체념하고 택시로 돌아가다가 가미쿠루마자카의 길 왼편에 있는 단팥죽집이 아직 영업 중이기에 차를 세워 대기시켜두고 이시자키와 함

• 밀가루에 팥소를 넣고 금속 틀에 구워낸 일본 전통 과자.

께 단팥죽을 먹었다. 가게 앞에 생후 반년 정도 된, 배가 새하얀 줄무늬 고양이 새끼가 다리를 접어 넣고 잠들어 있었다. 한창 귀여울 무렵의 크기로, 털은 다르지만 노라에게도 이런 때가 있었지, 하고 생각한 순간 단팥죽 그릇에 눈물방울이 떨어져 내렸다.

12월 6일 금요일 노라 254일
해 조금 나다가 맑음.
쿠루츠의 발정기가 시작되었는지 정원에서 야옹야옹 울어댄다. 아직 앳된 목소리가 부드럽고 사랑스럽다. 그 목소리가 노라와 꼭 닮아서 듣다 보니 눈물이 흘렀다.
오후에 오기쿠보의 가와미나미 파출소 인근 어느 집에서 노라 일로 전화가 왔는데, 너무 멀다 싶기도 하고 조금 다른 점도 있었지만 낯선 이의 친절한 마음이 고마웠다.

12월 15일 일요일 노라 263일
흐림.
정원에 어둠이 내린 후, 이웃집 툇마루 밑에 사는 어린 암컷 고양이가 난로 열기로 서리 긴 유리창 너머로 얼굴을 내밀었다. 순간 노라인가 싶어 심장이 철렁 내려앉고 소름이 돋았다.

33년(1958년) 1월 9일 목요일 노라 288일
맑고 구름 한 점 없음.

아침에 노라 연락이 왔다. 털색이 달랐지만 친절한 마음이
고마웠다.

1월 15일 수요일 노라 294일
비.
이삼일 내리 비가 내린다. 빗소리 때문인지, 노라가 집으로
돌아오지 못하게 되었을 때의 일을 자꾸만 떠올린다.

2월 24일 월요일 노라 334일
비. 따뜻함.
한 달 전부터 아카히게〔오키나와, 다네가시마 등지에 서식하는
울새와 닮은 명금(鳴禽)〕가 울기 시작해 고음은 아니지만 듣기
좋은 목소리로 지저귄다. 나날이 목소리가 커지고 가락이 또
렷해진다. 무심코 그 소리를 듣다 보니 자연스레 작년 이맘때
의 노라 생각이 나서 괴로워졌다. 노라가 나간 지도 벌써 1년
가까이 되었다. 아카히게의 울음소리는 날로 드높아진다. 노
라는 이제 돌아오지 않는 걸까.
하지만 1년 정도 지나 돌아왔다는 실제 이야기를 적어준 편
지를 몇 통이나 받았다.

2월 27일 목요일 노라 337일
흐림.
오후에 모르는 사람에게 전화가 왔다. 고지마치 경찰서 근

처 유원지에 댁의 노라와 닮은 고양이가 있는데 털은 때가 타고 사람이 다가가면 도망을 치니 좋아하는 음식을 주고 좀 더 자세히 보려고 한다, 노라는 뭘 좋아하느냐, 하고 물어주었다. 1년에 가까운 시간이 흐른 지금, 아직도 노라를 기억해주는 이가 있다.

3월 17일 월요일 노라 355일
흐림. 밤비.
목청 높여 우는 아카히게의 울음소리를 들을 때마다 작년 이맘때엔 아직 집에 있던 노라를 떠올린다.

3월 24일 월요일 노라 362일
흐림. 조금 흐림.
노라의 3월 27일이 가까워지니 밤낮으로 눈시울이 뜨겁다. 정원의 가을벚나무 가지에 핀 연보랏빛 꽃 두어 송이를 보려고 해도, 그 아래서 노라가 뛰놀던 모습을 떠올리면 꽃잎이 흐릿해져 보이질 않는다.

3

고슈 히코네에서 편지가 왔는데, 그 집 고양이는 작년 1월 6일, 즉 노라보다 석 달 정도 전에 사라져서 아직 돌아오지 않았다고 한다. 다른 사람에게 말하면 진즉 죽어서 이제 돌아오지

않는다고 단언한다, 하지만 그렇게 생각하지 않는다, 분명 돌아오리라고 믿기 때문에 지금도 기다리고 있다, 그렇게 쓰여 있었다.

같은 발신인에게 두 번째 편지가 왔다. 보낸 날짜는 3월 23일. 그 고양이가 돌아왔다. 역시나 돌아왔다. 1년 3개월 만이라 꿈을 꾸듯 행복하다고 했다.

노라와 견주어 생각하니 기쁘기도 하고 또 눈물이 나기도 한다. 히코네에서 온 편지는 어쩌면 노라가 보낸 게 아닐까.

고양이 귀에 가을바람

"쿠루야. 쿠루야. 고양이야. 너로구나. 고양이 맞느냐. 고양이지. 고양이네. 틀림없지? 고양이가 아니냐. 아닌 게냐. 그럼 너구리냐. 오소리냐. 살쾡이냐. 그런 얼굴을 하고서 무슨 생각을 하는 게냐. 이놈, 밥상 위는 쳐다보면 못써. 봐도 어차피 순채 나물밖에 없단다. 식초를 뿌렸지. 이건 시치미. 고양이가 먹는 음식이 아니야. 고양이한텐 안 맞아. 뭐, 맞는다 해도 여기선 주지 않을 테니 그게 그거다만, 당최 네 녀석은 행실이 바르질 못해. 그 낮고 볼품없는 코를 움직이면서, 이것 봐라, 코가 씰룩씰룩 움직이잖느냐. 그런 납작한 코를 용케도 움직이는구나. 고 작은 구멍을 한쪽씩 열었다가 닫았다가 하는 게냐. 흠, 그렇게 하면 콧구멍 주변이 신축하면서 코가 움직이는 것처럼 보이는 거로군. 그걸로 밥상 음식에 관심이 있다는 걸 표현하는 게지. 바로 그래서 안 된다는 거야. 행실이 나빠. 노라는 그런 짓은 한 적이 없다. 일단 상 근처엔 오질 않았지. 너는 노라가 사라진 후 우리 집에 들어와 앉아 정말이지 네 멋대로 행동

하는구나. 네가 그러는 건 상관이 없다만 노라가 조만간 돌아오면 꼭 사이좋게 지내야 한다. 싸우기라도 하면 혼쭐을 내줄게야. 그때까진 지금처럼 제멋대로 굴면서 지내렴. 근데 상 끄트머리에서 계속 순채 나물 그릇만 쳐다보지 말고 새 술이라도 가져오는 게 어떠냐. 이건 벌써 비었단다. 고양이 손이라도 빌리고 싶다는 건 지금 같을 때 쓰는 말이야. 쿠루야."

야옹.

"고양이 같은 소리를 내는구나."

야옹.

"그렇담 역시 고양이인 게냐."

야옹.

"아무리 고양이라도 사내놈이 야옹이라니."

야옹.

"뭐냐. 무슨 말이 하고 싶은 게야. 네가 하는 말은 명확하질 않아 도통 알아들을 수가 없다."

가을이 되자 아내가 병으로 입원을 했다. 집에 남겨진 고양이와 나는 이웃집 아주머니와 부인들이 교대로 와서 집안일을 돌봐주는 덕에 매일 어떻게든 지내고 있지만, 병원 일도 걱정이고 주위가 적적하다. 입원 당일 날 밤엔 고양이가 내 이부자리로 들어오더니 밤새 딱 달라붙어 떨어지질 않았다. 다행히 경과가 좋아 퇴원 날을 기다리기만 하면 되는 상황이 되고부터는 고양이를 동무 삼아 한잔 기울이는 술맛도 제법 좋아졌다.

"이놈, 쿠루츠야. 밤에 일찍일찍이 집에 들어오너라. 걱정하지 않느냐. 멀리까지 나간 사이에 비가 내려서 길을 잃고 노라처럼 집에 돌아오지 못하게 되면 어쩌려고. 도대체 네 녀석은 매일 어딜 그렇게 나돌아 다니는 게냐? 몸에 사상자 열매를 붙이고 돌아오는 걸 보니 반초 소학교 앞 공터에 있는 수풀을 뛰어다니는 모양인데, 거기엔 죽은 고양이가 버려지니 이제 그런 곳은 어슬렁대지 말거라. 금각사* 정원 쪽에서 담 밑을 빠져나가 맞은편으로 가면 구두가게에 줄무늬 고양이가 한 마리 있지. 노라와는 무척 사이좋게 지내던 녀석인데 너와는 사이가 나쁜가 보더구나. 마주치면 그냥은 지나칠 수 없는 적수인 모양이야. 네가 심하게 다쳐서 돌아올 땐 줄무늬 녀석과 엎치락뒤치락 싸우고 오는 거겠지. 언젠가 입 주위에 검은색 뭔가를 묻히고 왔기에 살펴보니 고양이 털 뭉치더구나. 줄무늬 녀석의 털을 물어뜯어서 뽑아 온 게지. 둘 중 누가 더 센지는 모르겠다만 싸울 거라면 지지는 말도록. 하지만 싸워서 이겨도 네가 다치고 돌아와서야 곤란하다. 되도록 그쪽에는 가지 않는 게 좋아. 알겠느냐, 모르겠느냐. 알지도 모르지도 않는 게냐. 그런 모양이로구나. 어쩔 수가 없군, 이 짐승은."

아내가 입원 중에 도와주러 온 한 아주머니 집에도 고양이가 있다고 하는데, 그분 말로는 고양이에게 짐승이라는 말을

---

* 禁客寺. 우치다 햣켄이 자신의 집 별채에 붙인 이름. 교토의 금각사(金閣寺)를 재치 있게 변형해 지은 이름으로 '손님을 금지한다'라는 뜻.

하면 무어라 표현하기 힘든 불쾌한 표정을 짓는다고 한다. 쿠루츠는 불쾌한 표정을 짓지는 않았지만 내 이야기를 듣고는 있는 모양이다. 한쪽 나팔 귀를 살짝살짝 움직이며 내 얼굴을 보고 있다. 안쪽에 털이 난 나팔 귀는 이제 제법 많이 자랐다. 쫑긋 서 있는데, 노라가 나가고 얼마 지나지 않아 우리 집에 들어왔을 땐 작고 빈약해 엄지손가락 한 마디 크기밖에 되지 않았다. 주걱으로 이마 두 곳을 탁탁 두드린 흔적이 그대로 귀가 된 듯한 느낌이었다. 즉, 그는 아직 다 자라지 않은 상태였다는 말이니 아마 노라보다 일고여덟 달 늦게 태어난 게 아닐까 싶다.

노라는 옆집 툇마루 아래에서 태어났을 것이다. 조금 자란 후부터 담벼락 위에서 어미와 함께 볕을 쬐거나 장난치는 모습을 자주 보았는데, 얼마 후 우리가 귀여워하는 것을 본 어미가 아무쪼록 이 아이를 잘 부탁드립니다, 하고 인사라도 남긴 것처럼 어딘가로 가버렸다. 그 노라가 작년 3월 27일에 나간 후로 이렇게나 오랜 시간 돌아오지 않고 있으니, 인사를 하고 떠난 어미 고양이를 볼 낯이 없다.

노라의 꼬리는 편지 봉투 정도로 길지만 쿠루츠는 꼬리가 짧은 데다 작은 밥그릇 뚜껑처럼 동글납작하다. 꼬리가 짧아 독일어로 쿠루츠라고 이름 붙였다. 부르기 편하게 쿠루라고도 한다. 꼬리 길이는 확연히 다르지만 앞에서 보면 털이며 얼굴 분위기가 노라와 판박이다. 노라 일에 마음 써주는 주위 사람들이 쿠루츠를 보고 어이쿠, 노라가 돌아왔네요, 할 정도다. 나도 노라가 실종되었을 때 담을 타고 다가오는 쿠루츠를 보며 노라가 돌아왔다고 몇 번이나 착각했는지 모른다.

노라의 태생에 관해선 거의 다 알지만 그 후에 들어온 쿠루츠에 관해선 전혀 모른다. 우리 집에서 이렇게 자리 잡기까지 어디서 자랐는지, 어떤 집에서 키우던 고양이인지 추측조차 할 수 없다. 길고양이로 자라지 않았다는 건 곁에 두고 키우면서 금방 눈치챘다. 어딘가에 살던 집고양이가 어쩌다가 자기 집으로 돌아가는 길을 잃고 우리 집에 들어와 살게 된 것이리라. 그렇다면 노라도 어딘가에서 같은 처지가 되었을 게 분명하다고, 무심코 또 그런 생각을 하고 만다.

쿠루츠는 피곤한지 상 옆에서 과장스럽게 기지개를 켰다. 그러고는 하품을 했다.

"요놈, 요놈, 쿠루야. 그런 게 바로 실례라는 거다. 아직 상 위에 음식이 다 나오지도 않았는데. 엇, 문소리가 나는구나. 들리지? 오래 기다리셨어요, 라고 하시지? 이거야 원, 어쩌나 오래 걸리는지 사오십 분, 아니 어떤 땐 한 시간이나 기다려야 한다. 네 녀석은 뭘 가만히 기다리고 있는 게냐. 가서 아주머니가 들고 오는 걸 거들어드리지 않고. 아주 뻔뻔스럽게 꼼짝을 않는구나. 그런 주제에 코만 씰룩대지. 좋은 냄새가 나지? 장어구이란다. 뱀장어. 얼마나 맛이 좋다고. 이따가 저쪽에서 네 접시에도 좀 덜어줄까? 착하게 굴면 주겠지만 고양이에게 장어구이를 준다는 말은 별로 들어본 적이 없는데. 쿠루야, 장어구이는 값이 비싸단다. 비싸기 때문에 맛이 좋지. 고구마나 정어리도 비싸다면 더 맛있을 게다. 싸니까 홀대를 받는 거야. 더 비싸져서, 너무 비싸 먹을 수 없을 만큼 값이 오른 후에 먹으면 분명 더 맛있을 게다. 알겠느냐, 모르겠느냐. 뭐, 아무래도 상관없다만. 그렇게 기지개를 켜고서도 계속 그 자리에 앉아 있는 걸 보니 역시 내 밥 동무를 해주고 있는 게냐. 여길 떠나기 싫은 게야?"

손을 뻗어 쓰다듬으려 하니 고개를 살짝 숙여 손에 비빈다. 손바닥에 닿은 한쪽 귀 끝이 찢어져, 갈라진 위에 그대로 털이 자랐다. 언젠가 줄무늬 녀석과 마주쳤을 때 그 녀석에게 당한 흉터다. 그 싸움에선 쿠루츠가 유리했던 모양인데, 전장이 우리 집 정원이었던 이유도 있었으리라. 문 안쪽 어딘가에서 큰 소리가 난다 싶더니 줄무늬 녀석이 부엌문 앞을 바람처럼 달려 지나갔다. 곧 쿠루츠가 그 뒤를 쫓아 따라잡았고 석탄 상자 위에서 다시 엉겨 붙어 싸우기 시작했다. 그 소리를 들은 아내가 늘 하듯 부엌에서 뛰쳐나가 빨래 너는 막대로 쿠루츠를 도왔다.

등허리를 맞은 줄무늬 녀석이 도망치고 난 후, 쿠루츠는 아내 품에 안겨 후우후우 가쁘게 숨을 몰아쉬며 복도에 있는 자기 방석 위로 돌아왔다. 온몸 여기저기에 상처가 나고 온통 피투성이였다. 아내가 리바놀 용액으로 상처 부위를 씻어 소독한 후 클로로마이세틴 연고를 발라주었다. 쿠루츠는 얌전히 치료를 받고 그대로 잠들었는데, 여태껏 다치고 돌아온 적은 많았지만 그날은 정도가 심해서 보는 내가 괴로울 정도로 호흡이 가빴다. 그대로 두어도 될지 걱정되기 시작했다. 특히 이마 한가운데 뼈까지 닿은 상처가 걱정스러웠다.

초여름 저녁 이미 어둑해지기 시작한 시간이었지만 수의사에게 보일 필요가 있다고 판단했다. 그리 멀지 않은 곳에 있는 개·고양이 진료소에 전화를 걸어 설명하고 왕진을 부탁했다. 치료를 받기에도, 또 비용을 생각해도 직접 데려가는 편이 훨씬 좋겠지만 온몸이 상처투성이인 고양이를 집 밖으로 데리고 나가는 건 익숙지 않은 일이라 이런 경우엔 어찌해야 할지 알 수가 없었다.

평소 고양이 의사 선생님의 신세를 지는 건 생각해본 적이 없어 그쪽 돌아가는 사정을 전혀 몰랐는데, 역시 바쁠 땐 아주 바쁜 모양인지 의사는 지금 바로 나가서 미타카에 왕진을 갔다가 가마쿠라에 들러야 한다고 했다. 우리 집에 오는 건 빨라야 열한시, 어쩌면 그보다 더 늦어질 수도 있다고 했다.

밤 열한시가 넘은 시간의 왕진은 곤란하다. 왜 곤란한가 하면, 그땐 정작 내가 술기운이 올라 내 부탁으로 와준 사람을 만날 자격이 없는 상태가 되기 때문이다. 또 쿠루츠를 위해 매일 밤 하는 일의 순서를 바꾸거나 생략할 정도로 사태가 급박해 보이지는 않았다. 일단 오늘 밤 상태를 지켜보고 내일 다시 연락하기로 하고 그날 밤 왕진은 취소했다.

다행히 쿠루츠는 밤새 많이 좋아졌는지 이튿날에는 의사가 올 필요가 없을 정도로 기력을 되찾아 고양이 의사 선생님이 우리 집에 오는 사건은 일어나지 않았다.

오모리에 절친한 분이 계신데 우리 집 주치의가 바로 그 댁 주치의기도 하다. 그 집에 고양이가 있다. 하루는 주치의 박사님이 왕진을 왔는데 뒤이어 고양이 주치의가 오는 바람에 인간 의사와 고양이 의사가 맞닥뜨렸다.

인간 담당 주치의 박사님은 큼지막한 진찰 가방을 들고 붐비는 게이힌센 전차 손잡이에 매달려 왕진을 온다. 고양이 담당 주치의는 덴엔초후 근처 먼 곳에서 간호사와 함께 자동차를 타고 온다. 세상이 거꾸로 돌아간다 싶은 느낌이 없지는 않다. 하지만 그런 것에 신경을 써봤자 그건 고양이가 알 바 아닌 일이다.

고양이는 아무것도 모르는 걸까. 아무래도 그렇지만은 않은 듯한 구석도 있다. 모르는 게 아니라 제 알 바 아니라는 태도로 모르는 척 시치미를 떼고 있는 게 아닐까. 알 만한 일은 알고 거기다 그 기억이 어느 정도 지속되는 예를 실제로 본 적이 있다. 얼마 전, 집안일을 도와주러 온 아주머니와 마침 집에 와 있던 청년 하나가 말린 전갱이를 구워 요기를 하고 있었다. 밥상 아래에 쿠루츠가 시치미를 뚝 떼고 앉아 있었다. 그때 느지막이 일어난 내가 나가서 복도 덧문을 열었는데, 우리 집을 잘 모르는 아주머니가 덧문의 미닫이 갑창을 다룰 때 늘 실수를 하던 게 떠올라 식사 중이지만 잠시 불러 경첩 부분을 잘 봐두라고 일러주었다. 밥상 앞을 떠나 복도로 나온 두 사람에게 여기를 이렇게 하면 간단히 열린다고 알려주고 금방 끝이 났는데, 그사이 밥상 다리 옆에 있던 쿠루츠가 기어 나와 아무도 없는 밥상 위 전갱이에 발을 뻗으려다가 두 사람에게 포착되어 혼이 났다. 쿠루츠는 잔뜩 겁을 먹고 곧장 발을 거두었고, 아주머니는 배가 고픈 거라며 딱하게 여겨 고양이 자리에 고양이 밥을 준비해주었다. 고양이 식사 역시 전갱이다. 고양이에게 줄 전갱이는 간을 싱겁게 해서 익힌다. 쿠루츠는 저만 따로 앉아 그걸 먹어치우곤 제법 맛이 있었는지 연신 입가를 핥으며 내가 있는 방으로 들어와 난로 앞에 자리 잡고 앉았다.

밥상 위 말린 전갱이 사건으로부터 제법 시간이 흘렀다. 그 사이 자기 밥을 먹고 왔으니 쿠루츠의 배 상태는 말린 전갱이 구이에 손을 대려 했을 때와는 다를 터다. 또 손을 대려다가 혼이 나서 미수에 그쳤기 때문에 나는 이미 그 사건을 잊은 후였다.

쿠루츠는 난로 곁에서 편안하게 몸을 쭉 뻗었다. 한숨 잘 요량인 듯했다.

"밥 먹고 왔구나, 쿠루."

손을 뻗어 등을 쓰다듬으려 하자 내 손이 채 닿기도 전에, 그저 내 손이 자기 쪽으로 움직이는 걸 본 것만으로 화들짝 놀란 모양인지 온몸을 움츠리고 움찔움찔 튀어 오르려 했다.

어지간히도 무서웠는지 흠칫거리며 놀라는 그 모습이, 방금 전 말린 전갱이 사건이 그의 기억 속에 아직 선명하게 남아 있음을 말해주는 듯했다. 그걸 보고 쿠루가 참 영리하다고 생각했다. 노라도 영리한 고양이였지만 쿠루도 못지않게 영리하다.

"쿠루야, 넌 참 영리하구나. 고양이도 영리한 편이 좋지. 인간 중에는 영리하지 않은 놈도 있단다. 알고 있느냐. 모르느냐. 뭐, 아무래도 상관없지. 스스로 영리하다고 믿지만 영리하지 않은 놈도 있고 말이야. 녀석, 왜 사람 얼굴을 그리 쳐다보는 게냐. 그런 눈으로 빠히 보면 못써. 무슨 생각을 하는 게냐. 네 표정은 낮이나 밤이나 언제 봐도 늘 애매모호하다. 좀 더 확실히 하려무나."

야옹.

"야옹이라고 한 게냐. 그 작은 목소리로. 뭐냐. 무슨 말이 하고 싶은 거야. 알아들을 수가 없잖느냐. 쿠루야, 이 병은 벌써 비었단다. 가서 아주머니에게 외상으로 한 병 받아 오렴. 걱정 마라. 이제 슬슬 그만 마실 생각이니. 그런데 그 후가, 그런 다음이 아주 길단다. 그때가 즐거운 거야. 알아듣겠느냐. 어이쿠, 비가 내리는구나. 빗소리가 나지? 귀를 움직이네. 들리지? 양철지붕 소리란다. 쿠루야, 비가 오니 쓸쓸하구나. 병원에도 비가 오겠지. 쿠루야, 너는 병원이라는 게 뭔지 모르지? 기다란 복도가 있고 하얀 옷을 입은 사람들이 걸어 다니는 곳이야. 가볼 테냐? 데려가줄까? 그런데 가는 길이 문제로구나."

고개를 살짝 떨구고 졸린 듯 앉아 있다.

"쿠루야, 녀석, 오늘 밤엔 제법 얌전하구나. 이야기를 듣고 있는 게냐. 곁에 있어주는 게냐. 아니면 외로운 게야? 생각해 보면 네겐 딱히 가족이랄 게 없구나. 아버지와 어머니는 어찌 되었니. 있는지 없는지도 모르겠지. 형제도 있었겠지? 가족과

뿔뿔이 헤어지고 우리 집에 들어와 인간 속에 섞여 인간에게
만 의지해 사는구나. 그리 생각하면 참 딱하다. 고양이는 외로
움을 많이 탄다던데 그럴 만도 하다. 너는 밖에서 돌아오면 늘
소란스럽게 야옹야옹 사람을 부르지 않느냐. 대문에서 부엌문
으로 돌아올 때도, 정원에서 복도로 들어올 때도 야옹야옹 울
어서 나가보면 입을 뾰로통하게 내밀고선, 그렇게 고함을 치
려는 게지? 다녀왔어요. 다녀왔다니까요? 문 좀 열어, 얼른, 그
렇게 말하려는 게야. 낯선 가정부가 데리러 나가면 처마 아래
작은 바위에 배를 깔고 딱 달라붙어선 안지 못하게 고집을 피
우더구나. 그건 너무 버릇없는 행동이고 친절을 베푼 사람에
게 실례가 되는 행동이야. 지금 같은 비상시엔 좀 참을 줄도 알
아야지. 무슨 말인지 알겠느냐. 어이쿠, 빗소리가 요란도 하네.
내일도 비가 오면 밖에는 못 나갈 줄 알아. 알아들었어? 쿠루
야, 알아들었느냐."

그렇게 말하면서 손바닥으로 머리를 톡톡 두드렸더니 그 박
자에 맞춘 듯한 동작으로 발랑 옆으로 드러눕더니 앞발을 허
공에 띄운 어정쩡한 자세로 생선 머리처럼 하얀 턱을 앞으로
내밀었다. 턱을 긁어달라는 뜻임을 잘 알기에 쿠루 마음에 들
게끔 긁어주었다. 하지만 꼭 가려우니 긁어달라는 건 아닐 것
이다. 사람에게 어리광을 부리고 싶을 때의 자세이자 고양이
의 마음을 표현하는 하나의 표정이리라.

쿠루츠는 그대로 밥상 옆 빈 방석에 아주 나른한 얼굴로 드
러누웠다.

"쿠루야, 너는 고양이니 얼굴과 귀는 그걸로 됐다만 발인지 손인지 모를 거기 뒷부분의 부드러운 콩알을 이쪽으로 들이밀면 거긴 너무 고양이스러워 아주 진절머리가 날 정도니 잘 넣어 감춰두려무나."

이삼일 전 새벽에 있었던 발목 사건이 생각났다. 입원한 아내 대신 집안일을 살펴주는 아주머니들 외에 내 신변을 돌봐주는 젊은이가 하나 더 와서 며칠 우리 집에 묵었고, 내 바로 옆방에서 잠을 잤다. 잠들 무렵엔 덥다 싶을 정도로 따뜻하다가 밤늦게부터 기온이 뚝 떨어진 날 새벽, 나는 잠에서 깨어 화장실에 갈 참이었다. 복도에 나가려면 그가 자고 있는 옆방 이부자리 아래를 지나야 한다. 이부자리에 일어나 앉아 그쪽을 바라보니 밤중에 추웠는지 이불을 바짝 끌어올린 탓에 발 쪽엔 이불이 부족해 밑에 깐 요가 드러나 있었다. 놀랍게도 그 새하얀 시트 위에 발목 하나가 나뒹굴고 있었다.

놀라고 겁이 나서 그쪽으로 갈 마음이 싹 가셨지만 다시 더 유심히 들여다보았다. 분명 발목이 시트 위를 섬뜩하게 나뒹굴고 있다. 계속 들여다보지만 아직 눈이 다 깨지 않은 상태다. 새벽에 켜둔 전깃불도 흐릿하다. 잘못 봤겠지. 얼마간 바라보다가 양말이겠거니 생각했다. 양말을 신은 채로 잠들었다가 나중에 거슬리니 벗어서 발치에 돌돌 말아둔 것이리라. 아, 그렇구나, 생각하며 다시 들여다보는데 아무리 봐도 양말은 아니다. 틀림없는 인간의 발목이다.

정말이지 섬뜩하다. 파우스트 전설에 코를 골며 잠든 파우스트를 깨우려고 손을 잡아당기니 손이 쑥 빠져버리고 발을 잡아당기니 발이 쑥 빠져버렸다는 이야기가 있다. 여기서 잠들어 있는 청년이 설마하니 그런 마법을 쓸 리는 없다. 쿠루츠가 어느 집 툇마루 아래에서 물고 들어왔을 리도 없다. 쿠루츠는 밤에 외출하지 않는다. 저쪽 방에서 잠들어 있다. 하지만 저기에 뒹굴고 있는 것은 분명 발목이다. 도무지 납득이 가질 않는다. 보고 싶지 않은데 그쪽만 보고 있게 된다.

일어나서 전깃불을 환하게 밝혔다. 잠에 취한 눈이 또렷해졌다. 역시나 그건 진짜 발이었다. 그런데 분리되어 나뒹구는 게 아니라 그에게 붙어 있었다. 그는 양말을 벗고 속바지는 입은 채로 잠들어 있다. 끌어올린 이불 끝자락 아래로 다리가 보였다. 속바지는 세탁소에서 막 가져온 것인지 아니면 새 것인지 아주 새하얬다. 시트는 최근에 마련한 새 것이다. 하얀 시트 위에 하얀 속바지가 더해지니, 눈이 덜 깨고 전깃불도 흐릿한 탓에 시트 위 속바지는 보이지 않고 양말 없는 맨 발목만 보여서 기분 나쁜 착각을 한 것이다.

발목 사건은 쿠루와 상관없는 일이다. 툇마루 아래에서 물고 왔으리라고 진지하게 생각한 것도 아니다. 그러니 쿠루는 기분 나빠하지 말도록. 그저 그 발 뒤의 콩알이 신경 쓰여 발목 일이 떠올랐을 뿐이다.

"어이구, 누워서 발끝으로 기지개를 켜네. 참 요령도 좋지. 발가락 사이를 용케 그리 펼치는구나. 이제 슬슬 상대하기 질린다는 말이냐. 한데 나는 방금 전부터 갑자기 기분이 좋아졌다. 고양이는 지루해하고 나는 흥이 오르고, 우리가 엇갈렸구나. 쿠루야, 다시 일어나보렴. 일어나서 뭐라도 좀 먹고 오는 게 어떠냐. 아주머니한테 가서 야옹, 해보렴. 먹을 걸 줄 게다. 너는 끼니로 먹는 전갱이 말고도 배달 양식집 크로켓에 딸려 오는 비엔나소시지, 그 튀긴 맛을 좋아하지? 고양이는 개어서 굳힌 음식을 좋아한다던데 너도 예외는 아닌 모양이구나. 그런데 오늘 밤엔 소시지가 없단다. 배달을 안 시켰으니. 정말 없어. 그리고 또 은박지에 포장된 세모난 치즈, 그것도 좋아하지. 그것도 개어서 굳힌 음식이니. 세탁비누를 씹어 먹는 느낌이라 좋아하진 않는다만, 뭐 고양이 입맛에 참견할 생각은 없다. 그건 있을 게다. 저쪽에 가서 달라고 하렴. 어이쿠, 일어났구나. 역시 사람 말을 알아듣는 게야. 그런데 일어나자마자, 요 녀석, 또 그 작은 코를 씰룩이는구나. 밥상 위를 그렇게 쳐다보면 못써. 아, 그렇지, 깜빡했네. 깜빡하고 먹어버렸어. 네게 장어구이를 조금 남겨주려고 했는데. 미끌미끌하니 기름져서 목 뒤로 쑥 넘어가버렸지 뭐냐. 미안하다, 쿠루야. 치즈로 참아주렴."

노라도 대개 쿠루츠와 비슷한 음식을 좋아했는데 특히 늘 배달해 먹는 스시집 계란말이에는 사족을 못 썼다. 집에서 만드는 계란말이와 달리 수산물 시장에서 들여온 생선 진액으로 계란을 푼다고 하니 고양이 입에도 별미였으리라.

노라가 돌아오지 않게 된 후로는 그 계란말이를 그렇게나 좋아하던 노라 생각이 나는 게 싫어서, 그 스시집은 아무 상관

이 없는데도 불구하고 더는 배달시키지 않았다. 물론 다른 가게에서 시켜 먹는 일도 없었다. 머잖아 아내가 퇴원해서 돌아오면 그걸 기회로 다시 그 가게 스시를 시켜볼까 한다. 단, 계란말이 스시는 제외하고. 그렇게 요청하면 가게에선 스시 배합에 애를 먹을지도 모르지만 일단은 그렇게라도 해서 단골집 스시를 다시 집에 들여보고자 한다. 스시를 먹지 않은 지 1년하고도 8개월. 그사이 가게 주인은 돌아가시고 노라가 있을 때집에 스시를 가져다준, 노라와 사이좋던 젊은이가 스시를 만든다고 한다.

쿠루츠도 그 계란말이를 주면 분명 아주 좋아할 것이다. 그러나 노라가 없는데 그걸 쿠루츠에게 줄 마음은 없다. 노라가돌아오면 그때 함께 주어서 두 녀석을 다 기쁘게 해주자. 그때까지 계란말이는 보류할 생각이다.

아내의 입원이라는 사건으로 또 하나 끝맺은 일이 있다. 노라가 실종된 후 구마모토에 사는 어느 분에게 배운, 고양이가돌아오게 해주는 주술을 계속 실행했는데, 매일 밤 뜸을 떠서입원 전날 밤 그 개수가 535개에 이르렀다. 노라를 기다리는마음에는 변함이 없지만 계속 이어나갈 수 없는 사정이 생겼으니 방법이 없다. 535회로 일단은 중단했다.

그런 일들을 쿠루츠는 다 알고 있는 걸까, 전혀 모르는 걸까.몸을 일으켜 다시 밥상 옆에 앉아선 내 얼굴을 빤히 본다. 적당히 술기운이 오른 참에 또 노라 생각을 한 게 문제다. 눈시울이뜨겁다.

"쿠루야, 이래서야 원. 그만하자꾸나. 저기 봐라, 저렇게 비가 많이 온다. 점점 더 많이 쏟아지는구나. 비가 오는 것도 참 난처하다. 저 소리가 문제야. 쿠루야, 너니."

무릎 위에 안아 올렸더니 제가 편한 자세로 고쳐 앉아 자리를 잡는다. 미끄러지지 않게 한 손으로 받쳐주고 있다 보니 점점 무릎이 따뜻해지고, 그 따뜻함을 느낀 순간 쿠루 얼굴 위에 눈물이 떨어졌다.

"쿠루야, 아무 일도 아니란다. 이것 봐라, 술도 이제 끝이다. 그만 마시자꾸나. 여하튼, 원래 너는 고양이지. 무릎 위 고양이가 네 녀석이냐. 네가 고양이고, 쿠루고, 너지. 살쾡이, 오소리, 너구리는 아니었던 게야."

네코로맨티시즘

문예상 자연주의 이후에 융성한 신낭만주의, 네오로맨티시즘은 오스트리아의 후고 폰 호프만슈탈과 벨기에의 모리스 마테를링크 등을 통해 젊은 시절 우리에게 제법 큰 영향을 미쳤다. 소세키 선생님이 아직 정정하시던 때, 목요일 밤 소세키 산보° 자리에서 네오로맨티시즘이라는 말이 모두의 입에 자주 오르내렸다. 스즈키 미에키치 씨는 선생님의 '고양이'를 빗대어 네오로맨티시즘을 늘 네코로맨티시즘이라고 불렀다.

　　문득 그 오래전 말장난이 떠올라 이 원고의 제목으로 정했다.

• 漱石山房. 나쓰메 소세키가 아사히 신문사의 전속작가로 입사한 후부터 죽을 때까지 살았던 집. 매주 목요일, 그를 따르는 문하생과 문사가 모여 각종 토론을 나누는 '목요회'가 열렸다.

1

3월 27일이 코앞이다.

5년 전 3월 27일 오후, 우리 집 고양이 노라가 속새 수풀을
헤치고 정원을 건너가 사라진 후 돌아오지 않았던 그 당시 일
을 떠올린다. 떠올리면 괴롭다. 되도록 생각하고 싶지 않지만,
그날이 다가오면 어김없이 떠올리고 만다.

도대체가 쇼와 30년(1955년) 이후로 내 신변엔 좋은 일이라
곤 없다.

31년 초여름, 장마철 흐린 하늘 아래 도카이도 가리야 역에
서 미야기 미치오*가 죽었다. 아까운 사람이 죽었다든지 천재
를 잃었다든지 하는 그런 정도를 넘어 내겐 정말 끔찍하리만
치 괴롭고 견디기 힘든 일이었다.

이듬해 32년 봄, 노라가 사라졌다. 집에 있을 때도 아끼긴 했
지만 사라진 후에 그렇게까지 슬퍼하게 될 줄은 몰랐다. 그날
밤 노라가 돌아오지 않아 잠을 설칠 정도로 걱정하며 밤을 지
새웠고, 그날 저녁부터 내리기 시작한 비가 밤이 되자 억수같
이 쏟아져 격렬한 물보라 때문에 부엌문을 열 수조차 없었다.
그날 밤 내린 폭우로 노라는 길을 잃은 것이리라. 헤매고 헤매

• 宮城道雄(1894~1956). 작곡가 겸 고토(箏, 일본 전통 현악기) 연주가로 8세
때 실명했다. 1920년 우치다 햣켄이 그에게 고토를 배우기 시작하면서 두 사
람의 인연이 시작되었고, 문학과 음악을 통해 서로 깊이 교류하며 절친한 관
계를 유지했다.

던 끝에 어딘가로 흘러들어가 집에 돌아오지 못하게 되었으리라고 생각하면 너무나도 가엾다.

그리고 그 이듬해인 33년 가을에는 아내가 큰 병으로 입원을 했다. 다행히 완치되었지만 그사이 마음고생은 글로 다 적기 힘들다. 요컨대 연이어 3년간, 한평생 느낄 슬픔과 고통을 한꺼번에 맛봐야 했던 셈이다.

2

행방불명된 노라를 찾기 위해 갖가지 수단을 동원했다.

제일 먼저 신문 안내 광고란에 고양이를 찾는 광고를 냈다. 반향이 있었는지 아주 다양한 곳에서 연락을 주었다. 개중에는 제법 먼 곳에서 온 연락도 있었다. 단서를 얻기에 나쁜 방법은 아니었으나, 생각해보면 고양이가 헤매고 다닐 법한 범위에는 한계가 있다. 너무 멀리 있는 사람들에게 호소해봤자 별 의미는 없으리라.

그래서 그다음엔 신문에 끼워서 뿌리는 전단지 광고를 시도해보기로 했다. 근처 신문 배달소에 부탁해 그곳 담당 배달 구역에 배부했다. 그 효과는 놀랍고도 직접적이어서 제보 우편물뿐 아니라 밀려드는 전화에 응대하느라 정신없이 바쁠 정도였다. 그중에는 조롱이나 협박성 연락도 있었다. 찾아주면 사례금을 주겠다는 말에 걸려드는 모양이었다.

그럼에도 여전히 노라를 찾지 못했다. 그래서 시간 간격을 두고 계속 새로운 문안의 전단지 광고를 내다 보니 결국 네 차례에 이르렀다. 배포하는 지역을 조금씩 달리했고 인쇄 매수도 그때그때 달랐는데, 합계 2만 장 가까이 되지 않을까 싶다. 노라가 흘러들어갔을 법한 범위에 외국 공관이 몇 군데 있고 또 미군 병영이 밀집한 곳도 있어서 그 근처에 뿌릴 영문 전단지도 만들었다.

여기저기서 친절히 정보를 주면 아내가 일일이 보러 갔다. 하지만 닮은 고양이는 있어도 노라는 아니었다.

노라를 찾으면서 세상에 친절한 사람이 많다는 사실을 뼈저리게 느꼈다. 노라와 닮은 고양이, 노라가 아닐까 싶은 고양이가 있으니, 혹은 이러이러한 시간에 꼭 들르니 확인하러 오라고 연락을 주는가 하면, 어쩌면 노라일지도 모를 죽은 고양이를 뒤뜰에 묻었는데 혹시 모르니 파서 확인해보라고 말해주기도 했다.

그런 연락을 네 군데서 받았다. 아내가 일일이 가서 그 집 정원을 파보았다. 죽은 고양이를 파내다니 물론 아주 기분 나쁜 이야기다. 그걸 감안하면서까지 우리에게 연락을 주었을 뿐 아니라 그 집 사람이 나와서 지켜봐주거나 도와주기도 했다. 그러나 다 노라가 아니었다. 파던 중에 흙 속에서 나온 꼬리를 보고 노라가 아님을 바로 알았던 적도 있다.

그런 처리를 담당하는 구청 부서에 가서 확인도 해봤지만 소득은 없었다.

결국 노라의 행방은 알 수 없었다. 그 상태로 세월이 흘렀지만 지금도 꼭 돌아올 것만 같다. 다양한 사람들에게 여러 가지를 배우고 위로도 받았는데, 노라를 찾아다니던 마지막 무렵에 같은 구에 사는 어떤 사람에게 이런 이야기를 들었다.

"댁에서 한조몬*이 가깝지요. 댁의 노라는 그쪽으로 갔을지도 모릅니다. 아마 그 방향으로 흘러들어갔겠지요."

그 말을 듣고 보니 또 그럴듯했다. 노라는 집을 나가 남쪽으로 갔고 대충 그 부근을 돌아다니다가 이튿날 밤 폭우와 맞닥뜨려 길을 잃은 듯하다. 집에 돌아오려고 헤매면서 점점 앞으로, 또 앞으로, 그렇게 집에서 멀어지게 된 것이다. 노라가 남쪽이나 동남쪽 방향으로 향했으리란 생각을 떨칠 수가 없다. 북쪽과 서북쪽 부근도 찾아보았고 또 그쪽에서 연락도 받았지만, 아무래도 그쪽보단 그 반대 방향으로 갔을 듯하다. 고쿄의 한조몬은 우리 집의 동남쪽에 해당한다.

한조몬 이야기를 꺼낸 사람의 말은 이러했다.

"만약 그런 거라면 댁의 노라는 고지마치의 주택가 사이를 지나거나 또는 영국 대사관 옆을 빠져나가 한조몬 쪽으로 갔을지도 모르겠군요. 한조몬에서 고쿄로 들어간 거죠. 고쿄에 들어가서 돌아오지 않은 고양이가 수도 없이 많아요. 거기 울창한 숲에 자리를 잡고 야생에 돌아온 것처럼 지내다 보면 좀처럼 밖으로 나오지 않거든요. 어쩌면 나오지 못하는 것일지도 모르고요. 노라가 한조몬을 통해 고쿄에 들어간 거라면 일

* 일왕의 거주지인 고쿄(皇居)의 문 중 하나로, 성의 서쪽 끝에 위치한다.

단 돌아올 가능성은 없다고 봐야겠지요."

나는 그 말을 듣고서도 여전히 노라를 단념할 생각이 없었다. 하지만 여태 돌아오지 않는 노라의 발자취를 생각해보건대, 집을 나가서 동남쪽으로 향하다가 며칠 후 한조몬을 통해 고쿄에 들어갔다는 추측이 가장 납득이 가기는 한다.

그렇다면, 노라가 고쿄에 있는 거라면, 자애로운 왕비께 노라를 잘 부탁드린다고 한 말씀 전하고 싶다. 그러나 한 번도 뵌 적이 없으니 물론 여태 그럴 기회도 없었다.

최근 일왕 부부의 새 거주지인 후키아게고쇼가 완공되어 원래 왕자들이 지내던 구레타케료는 헐었다고 한다. 구레타케료가 있던 당시, 숲에 사는 야생성 강한 고양이 무리가 수시로 그 주위에 출몰했다고 한다.

왕성하게 번식한 숲속 고양이가 나뭇가지에 앉은 작은 새를 공격하거나 둥지를 망쳐놓아서 결국 고양이를 포획했다는 신문기사를 보았다.

덫을 놓아서 서른 몇 마리인지 마흔 몇 마리인지를 포획했다고 한다. 그중에 노라가 있진 않았을까. 궁금하지만 보러 갈 수도 없고 무엇보다 고쿄 숲에 노라가 있을지 없을지 그것부터 알 수가 없다.

3

고지마치 관할 경찰서에 수색원을 냈다.

고양이 한 마리 일로 바쁜 분들에게 폐를 끼쳐 죄송스러웠는데, 아주 친절하게 대응해주었다.

그런데 노라는 잡종 고양이다. 근처 어디에나 흔히 있는 고양이로 태생은 길고양이다. 녀석이 페르시아고양이나 샴고양이, 앙골라고양이였다면 한 마리에 십 몇 만 엔, 어쩌면 그보다 더 비쌀지도 모른다. 그렇다면 경찰도 우리 요청을 다루기 수월했을 터다. 사람의 생명과 재산을 보호하는 것이 경찰의 임무다. 그렇게 비싼 고양이가 사라졌거나 혹은 도둑맞았을지 모르는 상황이라면 그건 경찰의 일이 된다. 우리에게 아무리 소중하다 해도 결국엔 길고양이의 새끼일 뿐이니 실종된 길고양이를 찾아달라는 말을 들으면 경찰 입장에선 아무래도 돕기가 조금 애매할 터다.

그럼에도 고지마치 경찰서는 친절했다. 전화로 여러 번 정보를 전해주고 형사가 집에 찾아오기도 하고, 노라는 아직 돌아오지 않았지만 그 당시 경찰의 대응은 지금 생각해도 무척 감사하다.

고지마치 경찰뿐만 아니라 인접한 가구라자카, 요쓰야, 아카사카 경찰서에도 수색원을 냈다. 가구라자카 경찰서 순경이 순찰을 돌다가 고양이를 봤다고 연락을 주어서 바로 가본 결과 노라는 아니었지만, 그걸 전해준 경찰과 또 우리가 보러 갈 때까지 고양이를 붙잡아둬준 그 댁 분의 친절에 감사한 마음이다.

감사하다느니 친절하다느니 지껄이지만 대단할 것도 없는

잡종 고양이 한 마리 일로 그렇게 소란을 피운 것도 모자라 공공기관인 경찰서까지 귀찮게 하다니 그런 당치도 않은 짓을, 하고 화를 낼 사람이 있을지도 모르겠는데 그건 아주 지당한 말씀으로 정말이지 면목이 없다. 면목 없는 일이긴 한데, 아무튼 노라는 어디로 가버린 것일까.

3월 27일 봄에 노라가 실종된 그해 말, 문예춘추신사에서 『노라야』라는 제목으로 단행본이 나왔다. 그로부터 다섯 번째 봄이 돌아와 다시 3월 27일이 다가오고 있어서 이 원고를 쓰기 시작했는데 글을 쓰다 보면 가끔 『노라야』를 참고하고 싶은 부분이 있다. 『노라야』를 꺼내 책상 옆에 두긴 했지만 도저히 펼쳐볼 엄두가 나지 않았다. 일부분이라 할지라도 그걸 다시 읽고 싶지는 않기 때문이다.

『노라야』는 당시에도 읽어볼 엄두가 나지 않아서 출판할 땐 교정과 그 외 모든 작업을 다른 사람 손에 맡기고 잘 부탁드린다는 말만 전했다. 5년이나 지났으니 이제 괜찮지 않을까 했는데 역시 아니었다. 펼친 부분을 조금 읽으려 하니 마치 어제오늘 일처럼 당시의 슬픔이 되살아나고 괴로워져서 결국 더 읽지 못하고 덮어버렸다.

『노라야』의 단행본이야 어찌 되었든, 노라는 어쩌면 돌아올지도 모른다.

4

3월 27일로부터 보름 남짓 지난 4월 15일자 일기에 나오는 담벼락 위 볼품없는 고양이가 지금 우리 집에 있는 쿠루다. 노라와 달리 꼬리가 짧아 독일어로 쿠루츠라고 이름 붙였는데 쿠루츠는 세 글자라 부르기 힘들다 보니 어느새 쿠루가 되어버렸다.

쿠루는 그 후 5월 11일경부터 다시 이따금 일기에 등장한다. 그러다가 어느새 우리 집에 들어왔다. 그러니 그는 이미 5년이나 우리 집에서 지낸 셈이다.

어느새 들어와 살았다곤 해도 어물쩍 몰래 들어온 건 아니고 자기가 여기에 있는 게 당연하다는 태도로 자리를 잡고는 시치미를 뚝 뗀 것이다. 노라보다 몸집이 작고 빈약하지만 짧은 꼬리를 빼곤 털과 얼굴 생김새가 노라 판박이인데, 단순히 닮은 정도가 아니다. 집에 오는 고양이 전문가의 의견으로는 노라의 형제일 것이라고 한다.

노라의 태생은 알고 있지만 쿠루는 어디서 태어나 어디서 자랐는지 전혀 모른다. 우리 집에 왔을 땐 아직 귀 뒤에 털도 나지 않았을 정도라 생후 1년이 채 안 되었으리라고 생각했다. 하지만 틀림없는 집고양이로 절대 길고양이는 아니다.

그런 녀석이 왜 우리 집에 왔을까. 쿠루가 노라의 말을 전해주러 온 것이라고 나는 생각한다. 어떤 말인지 쿠루는 아직 전해주지 않았지만 굳이 고양이 입을 통해 듣지 않아도 대충은

알 수 있다. 그런 생각을 하면 다시금 노라가 못 견디게 측은해
진다.

노라와 꼭 닮은 쿠루에게도 점점 마음을 주게 되었다. 쿠루
는 원래 우리 집 고양이였다는 듯한 얼굴로 저 하고픈 대로 다
하고 제멋대로 굴면서 5년을 지냈다.

그러다가 병에 걸려 사람을 걱정시키기도 했다. 고양이 의
원의 의사 선생님이 내진을 오기도 하고 약도 수시로 타러 갔
다. 고양이 의원은 우리 집에서 멀지 않다. 근처에 좋은 의원이
있다는 건 쿠루의 복이다.

처음 내진을 왔을 땐 내과적인 문제였고, 한 달 전에는 밖에
서 싸우다 입은 상처에 고름이 생기고 기력도 없어 보이기에
내진을 와달라고 했다. 진단 결과 입원이 필요하다고 했다. 부
위가 얼굴이니 위험하다. 패혈증을 일으키면 생명에 지장이
없으리란 법도 없다.

이튿날 입원을 시켰다. 매일 아침 집에서 쿠루가 좋아하는
음식을 날랐다. 전날 밤 쿠루를 위해 남겨둔 넙치 회, 그가 매
일 먹는 가자미 토막, 슈크림, 건지 우유.

노라는 날 전갱이 토막만 먹었고 쿠루는 처음에 고등어를
즐겨 먹었는데, 후에 의사가 고등어나 전갱이는 기름기가 많
아 고양이 배에 좋지 않으니 가자미처럼 담백한 생선을 주라
고 해서 그 뒤로는 계속 가자미를 준다. 나도 돌가자미와 참가
자미를 좋아해서 종종 쿠루와 같은 것을 생선 가게에 주문한
다.

건지 우유는 노라도 먹던 것인데 노라는 그 외의 다른 우유는 입도 대지 않았지만 쿠루는 그 정도로 제멋대로는 아니다. 하지만 입원 중이니 제일 맛난 우유를 가져다준다. 슈크림은 쿠루가 아주 좋아하는 음식이다. 단, 안에 든 크림만 먹는다. 집에선 내가 껍질 처리반이지만 병원에 넣는 음식이니 그럴 수도 없다. 껍질은 어떻게 했는지 잘 모르겠다.

입원 여드레째 되는 날 드디어 완치되어 집에 돌아왔다. 그 사이 매일 아침 같은 음식을 싸 들고 갔다. 집에서 챙겨 가지 않아도 물론 거기서 식사가 나오지만 딱한 마음에 녀석이 좋아하는 음식을 가져다주었다.

아침에 우리가 들고 간 음식의 잔반을 병원에서 저녁밥으로 내어준다. 그런데 집에서 가져간 접시가 아니라 병원 식기에 담아주었더니 쿠루가 고개를 홱 돌린 채 먹으려 하지 않은 모양이다. 댁의 고양이는 접시가 바뀌면 밥을 안 먹네요, 하고 고양이 여의사 선생님이 말했다고 한다.

퇴원하기 전날 밤에 배탈이 나서 조금 기운이 없지만 상처 부위는 다 나았으니 데려가도 좋다는 말에 아내와 가정부가 데리러 갔다.

커다란 바구니에 쿠루를 넣어서 들고 돌아왔다. 정원 쪽으로 들어왔는데, 사립문 근처에 다다르자 바구니 안에서 야옹 야옹 우는 소리가 들렸다.

복도로 올라와 바구니에서 꺼내주었다.

살이 빠져 홀쭉해지고 덤으로 배탈까지 나서 이리저리 비틀거린다. 똑바로 걷질 못하니 제가 향하려는 쪽과 다른 방향으로 휘청댄다. 그런 와중에도 사람 손에 머리를 부비고 기쁜 목소리로 야옹야옹 울면서 발랑 바닥에 드러눕는다.

5

기력이 많이 떨어진 상태라 당분간 밖에 내보내지 않기로 했다.

그러나 벌써 히간이 코앞이다. 절분 고양이가 지나가고 이제부턴 히간 고양이의 계절이다.* 밖에서 고양이들이 교대로 들어와 정원에서 소란을 피운다. 그래도 한동안은 밖에 나가려 하지 않았는데, 얼마 지나자 눈에 띄게 기력을 되찾더니 털에 윤기도 흐르고 몸놀림도 똑발라졌다.

더는 집 안에서 참고 있기 힘들겠지. 기분 좋게 밖으로 내보내주었더니 그길로 싸움을 시작해 다른 고양이들을 정원 밖으로 내쫓으려 했다. 여기 이 정원은 내 영역이야, 썩 나가지 못해. 노라가 그랬듯 쿠루에게서도 그런 기세가 느껴졌다.

어제 아침엔 쿠루가 밖에 나가려다 바로 앞에 있던 점박이 고양이에게 갑자기 달려들더니 하얀 매화꽃이 흐드러진 나뭇가지 아래서 격투를 벌이기 시작했다. 둘은 엉겨 붙은 채로 구

---

* 고양이가 주로 입춘 전 절분과 입추 무렵 히간에 발정이 난다고 해서 절분 고양이, 히간 고양이라고 표현하기도 한다.

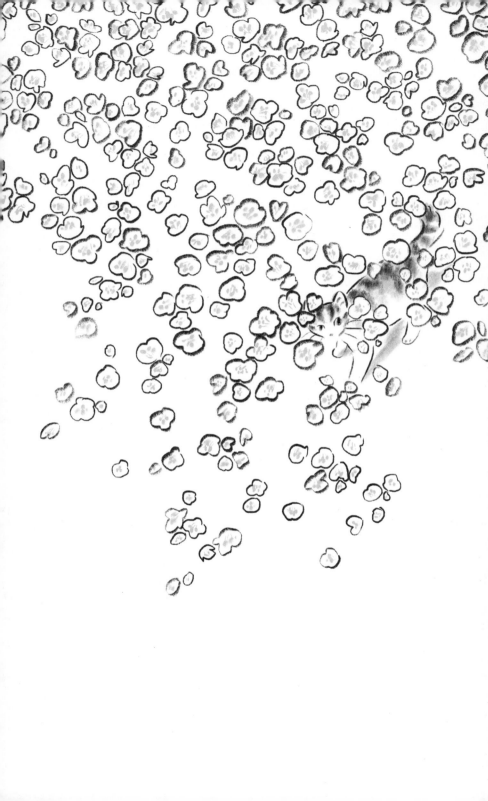

르다 풀이 시든 연못가에서 물속으로 떨어져 내렸다.

　물이 얼어 연못가 콘크리트에 금이 가서 물이 많이 줄어든 상태라 고양이가 푹 빠질 만큼 깊지는 않다. 하지만 그 얕은 물바닥엔 진흙이며 수초, 시든 물풀 뿌리와 이끼 따위가 가라앉아 있다. 물에 빠진 순간 엉겨 붙었던 두 마리는 잠시 떨어졌지만 물에서 나와 다시 쫓아다닐 기세였다. 그는 연못 밑바닥에서 가지가지 다양한 것들을 뒤집어쓰고 기어 올라와선 꽃이 만개한 매화 가지 아래에서 부르르 물방울을 털어냈다.

쿠루야, 너니?

1

소련의 위성선(衛星船) 보스토크 3호와 4호가 지구 밖으로 날아가 주위를 뱅글뱅글 돌고 있다는데, 그런 일 따위 아무래도 상관없다. 우리 집 고양이 쿠루츠가 얼마 전부터 병이 중해 나와 아내와 가정부가 모두 달려들어서 밤잠을 설쳐가며 간호 중이다.

보스토크는 8월 12일과 13일에 날아갔고, 그 소란 외에도 18일부터 19일에 걸쳐 12번 태풍이 접근해 정원 나뭇가지가 분주히 움직이더니 흔들리는 가지 끝에 연신 비가 쏟아져 내렸다.

유리창 너머로 젖은 정원이 내다보이는 방, 며칠간 치우지 않고 깔아둔 아내의 이부자리 위에서 쿠루는 나날이 기력을 잃어가고 있다. 계속 누워만 있는데, 이제 일어설 기력은 없는 모양이다.

곁에 꼭 붙어 앉아 가여우니 몇 번이고 머리와 등을 쓰다듬어준다. 손에 닿는 뼈의 감촉이 날로 선명해진다. 털이 난 피부도 늘어지고 탄력을 잃어 주름이 깊어졌다.

하지만 일단 한번 나을 징조가 보이기 시작하면 그때부턴 착착 기력을 되찾을 수 있다. 하루빨리 그 전환기가 오기를, 고양이를 머리맡에서 간호하며 신에게 기대는 심정으로 간절히 기도한다.

쿠루는 우리 집에 오고 5년 3개월간 늘 우리를 걱정만 시켰다. 기가 세고 툭하면 싸움질이라 수시로 상처를 달고 돌아왔다. 상처에 바를 소독약과 고름을 방지하는 항생제 두세 종류, 쿠루의 주치의에게 따로 받아 온 내복약 등, 쿠루의 약상자에는 약이 떨어질 날이 없었다.

주된 걱정거리는 대개 외부 상처로 이번에도 그게 원인이었을지 모르겠는데, 극심한 더위가 이어지던 도요 끝 무렵부터 쿠루는 어쩐지 기력을 잃기 시작했다.

8월에 접어든 어느 날 아침, 아내가 언제나처럼 밖에 나가고 싶어 하는 쿠루를 안고 현관 앞 정원에서 문 쪽으로 향했다. 문에 다다르기도 전에 쿠루가 품에서 내려오려 해서 놓아주었더니 제가 앞장서 걸었는데 가만 보니 발걸음이 어쩐지 불안정했다고 한다.

이렇게 기운이 없는데 밖에 나가면 또 싸움을 할 게 분명하다. 이런 상태라면 그럴 때 차양이나 담벼락에 기어오를 힘도 없으리란 생각에, 아내는 막 내려준 쿠루를 다시 안아서 그대로 집에 데리고 들어왔다.

그 후로 쿠루는 두 번 다시 집 밖에 나가는 일이 없었다.

그때 그대로 쿠루를 밖에 내보냈다면 영영 돌아오지 않았을지도 모른다. 낯선 집 툇마루 아래나 공터 풀숲에서 이렇게 병을 앓았다면 어떻게 손써줄 도리도 없었으리라. 그때 바로 데리고 들어와서 다행이다, 천만다행이야. 잠든 쿠루를 어루만지며 아내가 몇 번이고 말했다.

2

쿠루는 매일 밤 아내 이부자리에서 안겨 잠든다. 잘 때는 베개 베기를 좋아하는 눈치라 아내가 작은 고양이 베개를 마련해주었다. 쭉 그 베개를 베고 자왔는데 요즘 들어 베개가 아니라 아내 팔에 안겨서 자는 버릇이 생겼다. 돌이켜 생각해보면 쿠루는 자연스레 서서히 사람 곁에 붙어 있길 좋아하게 된 듯하다.

그렇게 얌전히 잠을 자면 좋으련만, 잘 만큼 자고 일어나면 저 혼자 깨어 있긴 외로운 모양이다. 한밤중이건 새벽이건 가리지 않고 이런저런 행동으로 잠든 아내를 깨운다. 사람 얼굴 곁에 자기 얼굴을 대고 야옹야옹 우는가 하면 촉촉하고 차가운 코끝을 볼에 부비기도 하고, 그래도 일어나지 않으면 장지문 창살로 기어 올라가 장지 종이를 찢어놓거나 서랍장 위에 둔 독일제 슈타이프 새끼 사슴 장식을 뒤집으면서 신나게 장난을 친다. 아내가 아무리 혼을 내고 화를 내도 소용이 없다. 고양이는 저만 혼자 깨어 있기 싫고 사람이 잠들어 있는 게 불

만스러운 것이니, 목적은 잠든 아내를 깨우는 데 있다. 그래서 아내가 백기를 들고 일어나 앉으면 얌전해진다. 일어난 것을 확인하고 그걸로 만족하고 나면 이불 아래쪽으로 돌아가선 편안하고 느긋한 자세로 잠들어버린다.

버릇이 없고 제멋대로에다 다루기 까다롭다. 하지만 그런 식으로 은근슬쩍 사람 곁에 붙어 있으려는 고양이의 마음이 귀엽지 않은 것은 아니다. 아내는 그 덕분에 수면 부족 상태가 이어져서 며칠 후엔 현기증이 난다며 낮잠을 자기도 하고 약도 먹어야 했다.

그리하여 아침이 오면 밖으로 나가려고 한다. 어디에 무슨 용건이 있는지는 모르겠으나 마치 출근이라도 하는 양 외출을 한다.

그러나 비 내리는 날에는 내보내지 않는다.

"넌 우산도 못 쓰고 장화도 없으니까 나가면 안 돼."

아내가 그리 말해도 알아듣지 못한다. 안아 올려 유리창 너머로 내리는 비를 보여주어도 납득하지 않는다. 여전히 나가고 싶다며 발버둥을 친다.

아내가 안은 채로 부엌문을 한 발짝 나서 고양이 이마에 빗물을 두어 방울 떨어뜨린다. 그리고 타이른다.

"이것 봐, 비가 톡톡 내리지?"

그렇게 하면 단념하는 모양이다. 그때부터는 소란을 피우지 않는다.

외출한 날에는 아침에 나가 오전 중에 돌아올 때도 있는가 하면 저녁께 날이 어두워진 후까지 돌아오지 않을 때도 있고, 아무리 기다려도 돌아오지 않고 하룻밤 집을 비우는 일도 있다. 그런 날엔 이튿날 아내가 근처 짚이는 집에 찾으러 다닌다. 노라 때부터의 관례라 이웃 사람도 보지 못했다든지 어제는 집 정원에 있었다든지 혹은 다른 고양이 두 마리를 이끌고 저쪽으로 갔다든지, 그런 것들을 알려준다.

하룻밤을 넘어 이틀 밤이나 집을 비워 심하게 걱정시킨 일도 있다. 쿠루가 나간 후에 날씨 변덕으로 비가 쏟아지기 시작해서 데리러 나가지도 못하고 어찌 해야 하나 생각하는 중에 흠뻑 젖은 생쥐 꼴로 돌아온 적도 있다.

최근엔 대체로 출입이 규칙적이라 그리 크게 걱정시키는 일이 없다.

돌아오면 제일 먼저 방울 소리가 들린다. 희미한 소리지만 집 안 누군가는 꼭 그 소리를 듣는다. 몇 해 전 노라를 찾으러 다닐 때 선물로 받은 조그마한 방울인데, 태평양 어디쯤에 있는 섬에서 만든 것이라고 한다. 아주 멀리까지 소리가 울리는 은방울이다.

그 소리와 함께 쿠루가 야옹야옹 울면서 돌아온다. 집 정원에 들어오면 울기 시작하는 모양이다. 점점 더 짧은 간격으로 울면서 무슨 의미라도 있는 것처럼 사람을 부른다. '다녀왔어.'처럼 들리기도 하고, '다녀왔다니까. 왜 아무도 마중 안 나오는 거야.'처럼 들리기도 한다. 어디에 다녀왔는지는 모르겠지만 생각해보면 이렇게 집으로 돌아오는 그 마음이 참 사랑스럽다.

쿠루는 우리 집을 자기 집이라 여기는 게 분명하다. 사람에게 길러진다는 식의 열등감 따위 눈곱만치도 없는 듯하다. 제멋대로 버릇없이 굴고, 하고 싶은 일은 뭐든 하고, 갖고 싶은 건 주저 없이 조른다. 그걸 말로 하지 않아도 우리가 이해할 수 있고 원하는 게 뭔지 고스란히 우리에게 전해지기 때문에 자연스레 만사 다 쿠루가 원하는 대로 된다. 고양이는 인간과 대등한 것을 넘어 어쩌면 한 수 위일지도 모르겠다.

그렇게 방울 소리를 내며 야옹야옹 울면서 돌아와서는 곧장 안으로 들어오지 않고 계속 밖에서 울고만 있기에 아내가 가보았더니, 부엌 앞 헛간 지붕에서 부엌 선반으로 뛰어들려는 중이었다고 한다.

쿠루가 뛰어들고자 하는 곳은 유리창으로 가로막혀 있다. 그 유리창을 열어달라고 지붕 위에서 소란을 피우는 것이다. 그러나 부엌 선반 위에는 갖가지 물건이 줄지어 놓여 있다. 거기 뛰어들어서야 곤란하다. 쿠루는 당장이라도 뛰어오를 듯한 자세로 허리를 움직이며 탄력을 붙이고 있다. 닫힌 유리창에 뛰어들면 발톱이 걸리지 않으니 밑으로 떨어질 게 분명하다. 그 아래엔 뚜껑을 없애고 물을 담아둔 술통이 있다. 술통에 빠지면 또 한바탕 소동이 일어난다. 얼른 데리고 내려와야 한다며 가정부가 밖으로 나와 헛간 지붕에 사다리를 대고 손을 뻗어 안아 내리려고 했다.

그러자 쿠루는 그 손을 피해 지붕 뒤쪽으로 향하더니 옆집 담장 위로 가버렸다. 하는 수 없이 가정부가 사다리에서 내려오니 다시 원위치로 돌아와 같은 자세로 뛰어들 준비를 한다.

다시 똑같은 일을 반복했지만 쿠루는 손에 안기려 하지 않았다. 우리가 먼저 백기를 들고 쿠루가 뛰어들어도 안전하게 끔 선반 위 물건을 다 치우고 서둘러 유리창을 열어주었더니 능숙하게 훌쩍 뛰어올라 선반 위에 안착했다. 그걸로 그는 만족한 모양이다. 선반에서 내려와 애교를 부리곤 가자미를 맛나게 먹어치웠다.

밖에서 싸움을 하고 다쳐서 돌아올 때도 곧장 안으로 들어오지 않는다. 야옹야옹 울며 공연히 밖에서 머뭇거린다. 이럴 땐 곧바로 우리에게 붙들려 아픈 곳을 소독해야 한다. 그런 후 치료를 받아야 한다. 오랜 경험으로 그걸 알고 있기 때문에 이런 상태로 집 안에 들어오려면 각오가 필요할 터. 그래서 무심코 발걸음이 무거워지는 것이리라.

외출을 일찌감치 끝마치고 오전에 돌아올 땐, 기상 시간이 늦은 나는 대개 아직 한밤중이다. 낮에는 내 이부자리에서 자는 게 쿠루의 습관이다. 돌아와서 음식을 받아먹고 몸 여기저기를 핥아 털 고르기도 끝내고 나면 내 옆으로 온다. 잠든 내 얼굴 옆에 코끝을 대고 큰 소리로 야옹야옹 운다. 어떤 땐 내가 덮은 이불 속으로 파고든다. 그러다가 곧 잠들어버린다.

한숨 자고 일어나면 정해진 순서처럼 내 발 아래쪽으로 돌아가서는 거기 쿠루를 위해 놓아둔 방석 위로 올라가 본격적으로 늘어져 잔다. 쿠루용 방석은 내 이부자리 끄트머리에 올려두고 절대 밖으로 옮기지 않는다. 때문에 쿠루는 늘 제가 잠들 자리를 잘 알고 있는 것이리라. 마실 한 바퀴를 돌고 들어와 좋아하는 가자미를 먹고 몸을 핥으며 편안히 쉰 후에 자기 방석으로 가서 깊이 잠든다. 웬만한 일로는 깨지도 않는다. 내가 느지막이 잠에서 깨어 일어날 즈음엔 대개 세상모르고 잠들어 있다. 콧물 방울을 매달고 곯아떨어지는 정도는 아니지만, 옆에서 내가 일어나거나 움직이는 정도로는 전혀 자극을 받지 않는다. 일단 잠든 쿠루는 그 어떤 경계도 주의도 하는 법이 없다. 적에게 대비하는 마음가짐 따위는 전혀 찾아볼 수 없다.

나는 자고 일어나 이부자리를 떠날 때 꼭 쿠루에게 말을 건다. 잠든 쿠루의 이마에 내 이마를 대고 팔로 쿠루의 몸을 감싸 안고서. 쿠루에게선 쿠루의 냄새가 난다.

"쿠루야, 너니?"

목 깊숙한 곳에서 "응, 응." 하는 듯한 소리를 낸다. 잠결에 대답하려는 것이리라.

"쿠루야, 너니? 여기서 자고 있었구나."

"응, 응."

조그마한 발을 내밀어 발톱이 있는 발끝을 펼쳐 보인다.

"우리 쿠루는 참 영특하네. 영특하게 여기서 자고 있구나. 쿠루야, 너냐."

이번에는 턱을 두 발 사이에 파묻고 동글동글 비단고둥처럼 몸을 말고서 쌕쌕 소리를 낸다. 내가 말을 거는 동안 눈은 한 번도 뜨지 않는다. 그대로 저녁까지 내리 잘 때도 있고 어느새 일어나서 우리 틈에 섞여 집 안을 활보할 때도 있다.

내가 복도에 서서 유리창 너머 정원을 보고 있으면 곁에 다가와서 한쪽 다리에 살짝 몸을 기댄다. 아니면 두 다리 사이에 들어와 거기 자리를 잡고 앉는다. 그러고는 나처럼 몸을 정원 쪽으로 돌려 무언가를 열심히 바라보는데 대체 뭘 보는 건지 모르겠다. 나는 거기 서서 정원을 보고 있지만 단지 그쪽을 향해 서 있을 뿐 딱히 뭘 보는 건 아니다. 내가 뭔가를 보고 있다고 생각해 내 곁에서 나란히 함께 바라보는 것인지, 아니면 제 나름 흥미롭거나 신경이 쓰이는 게 있어서 바라보는 것인지 그건 잘 모르겠지만 그럼에도 한참 나와 함께 저편을 바라봐 주는 쿠루의 마음이 사랑스럽다.

낮 동안 쿨쿨 잠만 자다가도 저녁께 생선 가게 청년이 부엌문에 오면 그 기척에 눈을 번쩍 뜨고 일어나 부엌으로 나가는 미닫이문을 득득 긁는다.

요 녀석, 벌써 일어나서 나왔구나. 참, 어떻게 아는 건지. 내가 말하는 동안에도 쉬지 않고 득득, 꼭 얼른 열어달라는 듯이 문을 긁어댄다.

열어주면 바로 나와서는 그걸로 만족인 모양이다. 꼭 거기서 뭘 받아먹으려는 게 아니라 늘 자기가 좋아하는 음식을 들고 와주는 청년이 좋은 마음에 나와서 고양이식 인사가 하고 싶은 것이리라.

그런 후엔 다시 원래 자리로 돌아가 아직 온기가 남은 방석 위에서 잠을 청한다. 고양이는 네코(寢子)라는 말 그대로 참 잘 잔다.

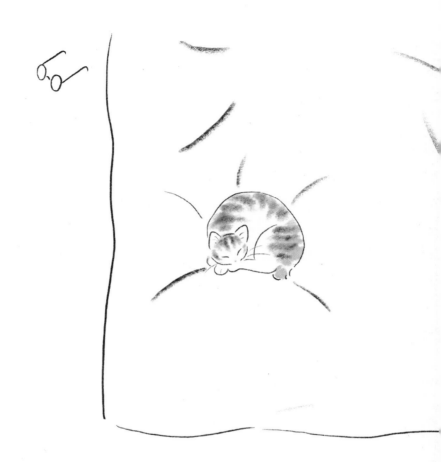

나는 늘 저녁식사가 늦다. 내가 상 앞에 앉아 술잔을 기울일 무렵이 되면 그 시간을 기가 막히게 잘 아는 쿠루는 자다가 일어나 정확히 시간 맞춰 상 옆으로 온다.

와서도 내 옆에 앉지는 않고 곁에 앉은 아내 무릎에 꼭 붙어 앉아 내 손을 보면서 한참을 얌전히 기다린다. 연거푸 작은 잔을 입술로 가져가는 나를 바라보며 감탄하는 것인지 아니면 애가 타는 것인지 모르겠으나, 이따금 자세를 고쳐 앉는 걸로 봐선 몹시 기다리는 중이리라.

나는 매일 밤 술을 마시기 때문에 상 위엔 늘 회가 있다. 아주 오래전부터 그래왔는데, 언젠가부터 쿠루가 거기 동석하게 되면서 쿠루의 작은 접시에 회를 덜어주며 1인분을 함께 나눠 먹는 게 습관이 되었다. 가끔 쿠루의 귀가가 늦어져 내 식사 시간에 맞추지 못할 때나 올봄처럼 며칠 입원을 시켰을 땐 혼자 회를 먹기가 아쉽고 적적했다.

나는 흰 살 생선회를 먹는다. 따라서 쿠루도 늘 흰 살 생선을 얻어먹는다. 쿠루의 주치의가 전갱이와 고등어는 기름기가 많아 고양이에게 좋지 않다고 해서 끼니로는 가자미를 준다. 회는 도미일 때도 있지만 보통은 넙치를 먹는다. 밤마다 먹는 회가 흰 살 넙치라면 나무랄 데가 없을 터다.

이윽고 쿠루에게 회를 나눠줄 차례가 온다.

"쿠루야, 똘똘하게 기다리고 있었구나. 자, 여기 주마."

사람 말을 이해하는지 못하는지 그건 생각해볼 필요도 없다. 이해하는 게 분명하다. 단어 하나하나를 고양이가 이해하고 못하고의 문제가 아니라 내가 하려는 말 전체가 그에게 분명히 전해진다는 말이다. 일어나 발돋움해서 아내 무릎에 양발을 짚고는 더 이상 얌전히 기다릴 수 없다는 듯이 군다.

쿠루가 보는 앞에서 쿠루용 작은 접시에 회를 덜어준다. 절대 상 위에선 주지 않기 때문에 아내가 접시를 들고 상에서 떨어진 곳으로 간다. 회를 주는 위치가 매일 밤 똑같다는 것을 쿠루도 알기에 거기로 먼저 가서 늘 정해진 방향을 보고 아내 무릎 앞에 앉는다.

일단 앉기는 하는데 잠시도 더 기다릴 수 없는지 허리를 들어 엉거주춤 반쯤 일어난 자세가 된다. 그건 예의에 어긋나는 행동이기 때문에 아내가 "앉아, 앉아, 앉아야 줄 거야." 하고 말하면 상반신을 최대한 뻗은 자세로 어찌어찌 허리만 바닥에 붙인다.

그러고는 앞발을 뻗어 아내의 팔을 끌어오며 재촉한다. 아내가 손으로 회를 한 조각씩 먹여준다. 보고 있으면 너무 귀여워서 좀 더 주라고 추가로 더 얹어줄 때도 많다. 덕분에 내 몫은 반도 채 되지 않지만 그래도 상관없다.

그때의 모습을 떠올리면 쿠루 없는 상에서 회를 먹고 싶지가 않다. 먹을 수가 없다. 오랜 시간 정해진 순서처럼 회를 먹어왔지만, 회 따위 먹지 않아도 좋다. 먹고 싶지 않다.

벌써 한 달이 넘는 시간이 흘렀지만, 아직 한 번도 회를 주문한 적이 없다.

3

아침에 밖에 나가려는 쿠루의 다리가 후들거린다며 아내가 데리고 들어온 그날부터 쿠루는 더 이상 밖에.나가지 않았다. 무리해서 나가려 들지도 않았다. 얌전히 집 안에 머무르며 사람 틈에 섞여 하루를 보낸다. 완전히 이 가족의 일원이 된 듯한 얼굴을 하고서. 하긴 그건 그렇다. 밖에 가족이 있는 것도 아니니 말이다.

얌전히 지내는 건 좋은데 도통 기운이 없어 보여 조금 걱정스럽다. 평소와 같은 자리에서 잘 자고 밤이면 회를 기대하며 일어나는 쿠루의 하루 일과엔 변함이 없지만 왠지 모르게 마음이 쓰인다.

집에서 멀지 않은 구단 4초메에 오래된 동물병원이 있는데 그곳 원장님이 쿠루의 주치의다. 쿠루는 다치거나 병에 걸리는 일이 잦아 오래전부터 신세를 져왔고, 올해 들어서도 2월에 여드레, 5월에 닷새간 그 병원에 입원을 시켰다.

이번에도 가만 내버려두기엔 마음이 쓰여서 전날 밤 병원에 전화를 걸어 쿠루의 상태를 설명하고 내진을 부탁했다.

8월 6일 아침, 닥터가 와서 치료 주사를 놔주었다. 너무 이른 시간이라 죄송하게도 나는 자리를 비웠는데, 고양이의 여름 감기와 변비라고 했다. 고양이의 여름 감기라니, 제법 하이카이*스러운 진단이다.

8월 9일 목요일 기온 35.7도

쿠루가 계속 기운이 없다. 심히 걱정스럽다. 아침에 닥터 내진. 치료를 받았다. 이른 아침이지만 일어나서 인사를 하고 또 부탁을 드렸다.

8월 10일 금요일 34.3도

새벽 세시 반에 일어나 쿠루가 잠들어 있는 별채로 가서 상태를 살핀다.

아침에 또다시 닥터 내진, 치료를 받았다. 걱정스러운 마음에 일어나서 지켜본다.

8월 11일 토요일 33.1도

새벽 네시 반에 일어나 어제처럼 쿠루의 상태를 살피러 갔다. 그 후에도 몇 번 쿠루를 위해 일어났다가 다시 이부자리에 돌아와 잠들었다.

오늘 아침에도 닥터 내진, 치료. 이른 아침이지만 걱정이 되어 자리를 뜰 수가 없다. 곁에서 지켜보며 어떻게든 낫게 해달라고 부탁해본다. 날마다 치료를 받는 보람도 없이 쿠루는 여전히 기력이 없다. 어젯밤에 회를 조금 토하고부턴 아무것도 먹지 않는다. 오늘 하루 우유도 계란 노른자도 먹으려 하지 않았다.

• 에도시대에 크게 유행한 일본 시의 한 형식으로 익살스럽고 풍자적인 내용이 주를 이룬다.

오후 늦게 아내가 병원에 전화를 걸어 하소연했더니 오늘 아침 놓은 주사에 영양분이 들어 있기 때문에 오늘은 먹지 않아도 괜찮다고 한다. 아무리 그래도 기력 없는 쿠루의 모습을 보면 걱정스러워 어쩔 줄을 모르겠다. 온 집이 쥐죽은 듯 고요하고, 부엌에 손님이 찾아와도 이제 아무도 입을 잘 열지 않는다.

> 가을바람 부는 오장원에 별이 졌구나
> 위수의 맑은 물 다 마르고
> 비정하게 흐느끼는 가을 소리
> 승상의 병이 위중하구나[*]

띄엄띄엄 기억나는 옛 신체시, 승상은 제갈공명, 병이 위중한 것은 우리 집 고양이. 고양이가 공명이건 아니건, 나으면 그만이다.

8월 12일 일요일 32.6도

아침 여덟시 반에 닥터가 내진을 와서 일어났다. 치료를 받았지만 병세는 좋지 않다. 점점 더 걱정이 커진다. 저녁에 쿠루가 우유를 먹기에 드디어 좋아지는 것 같아 기쁜 마음에 나까지 기운이 났고, 실로 오랜만에 술이 잘 넘어갔다. 하지만 잠시 후 쿠루가 방금 마신 우유를 토해내는 것을 보고 역시 틀렸나

---

[*] 도이 반스이(1871~1952)의 장편 서사시의 일부. 제갈공명이 오장원에서 병사하기까지의 생애를 그린 작품이다.

싫어 가여워 눈물이 났다. 눈물이 멈추지 않는다. 쿠루의 작은
이마에 얼굴을 대고 쿠루야 너니, 쿠루야 너니, 부르면서 슬픔
에 잠긴다.

8월 13일 월요일 34.1도
일곱시 무렵 눈을 떴다. 쿠루에게 마음이 쓰여 한 번 눈을 뜨
면 다시 잠들 수 없다. 오늘은 여덟시경에 닥터 내진, 치료를
받았다. 패혈증을 일으킨 것 같다는 말에 걱정은 깊어만 지고.

8월 14일 화요일 35.2도
아침 여덟시에 닥터 내진. 치료. 쿠루는 이삼일 전보다는 편
안해진 듯한데, 콕 집어 이렇다 할 고통은 없어 보이지만 여전
히 아무것도 먹지 않는다. 이제는 뼈 위에 털이 자란 것처럼 앙
상하다. 이대로 진행되면 회복이 어려울 것 같아 몹시 걱정스
럽다.

8월 15일 수요일 32.6도
아침 여덟시쯤 닥터 내진. 치료. 쿠루는 어제부터 약간 호전
되는 모양인지 조금씩이나마 우유를 먹기 시작했다.

8월 16일 목요일 33.8도
새벽 세시에서 세시 반 무렵, 다리도 후들거리는 쿠루가 어
찌 혼자 힘으로 걸었는지 어느새 전화기가 놓인 방으로 와서

오래된 신문과 열지 않은 우편물 더미 앞에 앉아 있었다.

어쩌다 알았는지는 모르겠지만 그 옆방에서 자던 내가 눈치를 채고 복도 건너 모퉁이의 별채에서 자는 아내를 불러 "쿠루가 혼자 여기 와 있는 것 같은데." 했더니, 놀라 일어난 아내가 와서 안고 갔다. 그 방은 쿠루가 늘 신문 더미의 끄트머리를 뜯어놓아 혼이 나던 곳이다.

이 일은 후에 아내에게 들은 것으로, 내겐 전혀 기억이 없다. 왜 잠에서 깼는지조차 모르겠다. 떠올릴 수가 없으니 꿈이었나 싶은 느낌마저 없다.

닥터가 아침 여덟시 무렵 내진. 치료. 고통은 없어 보이지만 우유도 저민 가오리도 먹으려 하지 않는다. 아침에 닥터가 먹여준 가오리와 낮 한시에 미음과 우유 섞은 것을 아주 조금 먹은 게 전부이고, 그 후 네시쯤 다시 우유를 주려 했지만 먹지 않았다. 혼수상태에 빠진 것은 아닐지 염려스럽다. 오후에 닥터와 그에 관해 전화로 이야기를 나누었는데 역시 쿠루는 좋아지지 않을 모양이다. 너무나도 가엾지만 닥터의 태도로 짐작건대 이제 그렇게 생각해야만 할 듯하다. 매일 와서 진료하면서 괜찮습니다, 곧 좋아질 거예요, 같은 말은 단 한 번도 한 적이 없다.

쿠루를 위해 치우지 않고 그대로 깔아둔 아내의 이부자리에서 쿠루는 하루 종일 잠을 잔다. 그리고 우리 중 누군가는 꼭 그 옆을 지킨다.

같은 날 오후, 쿠루 곁에 아무도 없다는 사실을 아주 잠깐 눈

치채지 못했다. 다른 방에 있는 내 귀에 두 번 고양이 소리가 들리는 듯해 부엌에 있는 아내에게 "고양이 소리가 나는 것 같은데, 아닌가?" 하고 물었더니 고양이 소리는 아닐 거라고 했다. 그래도 계속 신경이 쓰여 별채에 가보니 어떻게 일어났는지 그럴 만한 기력도 없는 쿠루가 밥상 위에 올라가 아내의 찻잔을 뒤집으려 하고 있었다. 목이 말랐던 것인지도 모른다.

아내가 와서 내려주니 부엌으로 가고 싶은지 칸막이 유리문 앞에서 그쪽을 바라본다. 가고 싶어 하는 곳에 따라가주라는 내 말에 아내가 뒤따라가니 비틀비틀 화장실로 향했다. 위로 올라가려는 듯한데 도통 올라가지 못해서 아내가 안아주니 안긴 채로 세면대 물을 마셨다. 늘 쿠루가 밖에서 돌아오면 올라가서 물을 마시던 곳이다.

새벽의 그 방이며 밥상이며 화장실이며, 쿠루는 제게 익숙한 곳에 한 번씩 다녀와 본 게 아닐까 싶다.

저녁식사를 하는데 쿠루가 일어나서 비척비척 내 이부자리가 있는 방으로 가더니 늘 자는 방석 옆 미닫이문 근처에서 비틀거리다 쓰러졌다. 아주 희미하고 묘한 소리를 냈다. 이제 정말 마지막인가 싶어 다들 어쩔 줄 몰라 했지만 다행히 다시 회복했다. 또 움직이게 만드는 건 가엾다 싶어 아내도 그 방으로 와서 함께 자며 밤새 품에 안아주었다.

8월 17일 금요일 33.4도
아침 여덟시에 닥터 내진. 치료. 쿠루는 여전히 호전될 기미가 보이지 않는다. 어제 닥터가 전화로 말하길, 지금보다 더 강한 처치로는 강심제 주사가 있는데 약효가 떨어졌을 때 고통스럽다고 한다. 아주 오래전 할머니의 임종 때 여든셋의 나이로 수명이 다한 할머니에게 의사가 강심제 처치를 해서 마지막 순간 고통스러워하던 할머니가 떠올라, 이렇게 나날이 시들어가는 쿠루에게 할머니와 같은 고통을 주고 싶지 않다는 생각이 들었다. 쿠루는 오늘도 거의 먹지 않는다. 밤에도 그 상태 그대로 하루를 보냈다. 가엾지만 이제 거스를 수 없는 일일까.

8월 18일 토요일 33.1도

어젯밤에는 쿠루 걱정에 내 이부자리로 가지 않고 별채로 가서 쿠루 곁에서 아무렇게나 잠들었다.

아침 여덟시에 닥터 내진. 치료. 그때 우유 소량을 스푼으로 먹여주었다. 낮에 다시 우유를 주었더니 스스로 입을 움직여 스푼에서 받아먹었다. 어제보다는 조금 좋아졌다고 멋대로 믿고 싶어진다. 하지만 저녁에 한 번 더 주려고 하니 입도 대지 않는다. 그리고 발끝이 차가워지기 시작한다. 다리에 따뜻한 물주머니를 넣어주어 어떻게든 편안하게 해주려고 한다. 오늘 밤에도 쿠루가 걱정스러워 쿠루 곁에서 잠을 청한다.

밤새 쉬지 않고 비가 내렸다. 12번 태풍의 전조라고 한다.

8월 19일 일요일 28.7도

아침 여덟시 닥터 내진. 치료. 오늘도 닥터가 우유를 먹이려

했지만 먹지 않았다.

　믿고 맡긴 의사 선생님에게 비전문가가 나서 이러쿵저러쿵 묻는 일은 자제해야겠지만, 닥터의 가방에서 매일 나오는 갖가지 주사액 앰플이 궁금해 오늘은 어떤 것들인지 물어보았다.

　링거, 포도당, 비타민B12, 계란 흰자위로 만든 폐·심장 강화제, 수혈 대용 주사액.

　수혈에 관해선, 고양이는 혈액형을 알아내기 까다로운 데다 고양이 혈액은 응고가 빨라 실제로 사용하기는 힘들다고 한다.

　위의 다섯 종류 중 네 종류는 두꺼운 관에 섞고, 나머지 한 종류는 별개로 다른 관에 넣는다.

　우유는 먹지 않았지만 주사를 놓고 잠시 지나자 한결 나아졌는지 편안한 얼굴로 새근새근 잠들었다. 이대로 왜 낫질 않는 건지 애가 닳는다. 먹기만 한다면 다시 건강해질 텐데. 먹지 못하는 게 곧 병인 걸까. 잠든 얼굴을 보고 있자니 안쓰러워 견딜 수가 없다.

　쿠루 이마에 얼굴을 대고 쿠루야 너니, 쿠루야 너니, 했더니 털이 난 작고 세모난 왼쪽 귀를 움찔움찔 움직였다. 그리고 발끝을 살짝 벌려 반응한다. 이런 지경에 이르러서도 내 말을 알아듣는 걸까.

　쿠루의 후각은 이미 마비되었다. 눈도 보이지 않는다고 한다. 닥터가 손전등 불빛을 비추어 살펴보더니 그렇게 말했다. 그래도 귀만은 들리는 걸까. "쿠루야, 너니?" 하면 작고 세모난 귀를 살짝살짝 움직이는 그 사랑스러움, 그 애처로움.

오늘 아침에도 다섯시에 일어난 탓에 잠이 부족해서 오후 세시 반쯤 쿠루 곁에 누워봤지만 좀처럼 잠들 수 없었다.

쿠루를 쓰다듬던 아내가 갑자기 쿠루가 딸꾹질을 한다기에 부리나케 달려가 곁을 지켰다. 임종. 아내와 내가 쿠루에게 얼굴을 꼭 맞대고 가정부가 등을 쓰다듬어주는 사이, 그리 큰 고통 없이 숨을 거두었다. 오후 네시 오분. 세 사람의 오열 소리 속에서 쿠루는 눈을 감았다. 아아, 어쩌지, 어찌해야 하나, 이 아이를 죽게 두다니. 이성을 잃을 것 같았지만 간신히 다잡았다. 그런데 쿠루야, 8월 9일 이후로 11일간 밤잠 설쳐가며 너를 떠나보내지 않으려 그리 애썼는데, 쿠루야, 너는 정말로 죽은 게냐.

4

숨이 끊어진 쿠루를 한동안 품에 안아준다. 물론 여전히 따뜻하고 여전히 사랑스러운 얼굴이다. 그러나 앙상하게 말라 평소의 절반 정도로 가볍다. 몹쓸 짓을 했다. 이렇게 야윌 때까지 무엇 하나 해주질 못했다. 얼굴을 가져다대고 "쿠루야, 쿠루야." 하고 불렀다. 쿠루의 작은 이마와 세모난 귀에, 쿠루의 털이 젖을 만큼 눈물이 떨어져 내렸다.

그래도 할 일은 해야 한다.

작년에 『바보열차』* 집필 당시, 도카이센의 유이역이 마음에 들어 몇 번이나 다녀왔다. 그때 유이역 역장님이 지금은 국

철을 나와 시즈오카의 어느 회사에 있다. 오래전 그 역장님이 매년 철이 되면 시즈오카의 귤을 보내준다. 귤 한 알에 푸른 귤잎이 두 장, 늘 그 풍미를 즐기기에 앞서 눈이 먼저 즐거워지곤 한다.

헛간에 그 빈 상자가 있을 터다. 나를 그렇게나 기쁘게 해주던 귤 상자이니 거기 쿠루를 납관하기로 했다. 상자 바닥에 쿠루의 작은 이불과 수건을 깔고 머리 밑엔 작은 베개 하나를 두고, 아내가 쿠루를 안아 그 위에 눕혔다. 쿠루는 아직 따뜻하다. 손발도 부드럽다. 내가 그 손을 쥐고 쿠루가 기분이 좋을 때 늘 하듯 동글동글 말린 비단고둥처럼 구부려 포개어주었다.

○

이튿날 20일은 흐림, 연이은 소낙비, 12번 태풍은 비껴간다고 한다.

어젯밤 불러둔 정원사가 아침에 와서 정원 담벼락 옆 봉긋하게 솟은 곳에 구멍을 파고 쿠루가 담긴 귤 상자를 묻어주었다.

끝마치고 정원사가 돌아간 후, 태풍의 여파인 거센 소낙비가 쿠루를 묻은 흙더미 위에 쏟아져 내렸다.

○

그날은 종일 꾸벅꾸벅. 흘러내리는 눈물을 참기 힘들었다.

• 열차 마니아로 잘 알려진 우치다 핫켄의 유머러스하고 괴짜 같은 성격이 고스란히 반영된 기행문 시리즈. 1950년부터 1955년에 걸쳐 집필되었다. 여행의 주된 목적은 열차에 있었기 때문에 목적지 역에 내리자마자 다시 돌아오는 경우도 많았다.

그 이튿날도 꾸벅꾸벅. 너무 덥다 싶었는데 기온이 37.1도까지 올라 있었다.

그다음 날, 쿠루가 죽은 19일로부터 사흘째 되는 22일 날 아침엔 다섯시에 잠에서 깼다. 내 방 이부자리로 돌아가고 싶지 않아서 계속 쿠루가 머물던 별채에서 잔다.

아직 잠은 부족하지만 다시 잠들긴 힘들겠지, 하고 생각하는 중에 꾸벅꾸벅 30분 정도를 졸며 쿠루 꿈을 꿨다.

별채에는 너비가 90센티 남짓 되는 낮은 도코노마*가 있고, 은박지가 새까맣게 변색된 소세키 선생님의 단자쿠*가 걸려 있다.

쿠루는 그 앞에 깔아둔 아내 이부자리에서 잤는데, 마지막 이삼일은 자꾸만 그 도코노마 위에 올라가려고 했다. 먹은 음식을 토하고 게워낸 곳도 대개 그 위였다.

꿈에서 쿠루는 죽어 있는 상태로 움직이기 시작하더니 먼저 왼쪽으로 갔다가 비틀비틀 오른쪽으로 돌아가 도코노마에 올라갔다. 아내에게 얼른 가서 살펴보라고 했다. 쿠루는 눈이 보이지 않는다. 도코노마에 올라간 쿠루는 비단고둥처럼 동그라니 몸을 말고 앞발을 포개더니 편안하게 자리를 잡았다. 이틀 전 귤 상자에 넣어줄 때 내가 만들어준 자세 그대로였다.

• 다다미방의 안쪽 바닥을 한 층 높여 만든 곳으로 족자를 걸거나 꽃병을 놓아 장식한다.

• 나무판이나 대나무 가죽, 종이 등을 가늘고 길게 자른 것으로, 주로 짤막한 시나 문장을 쓸 때 사용한다.

그 꿈을 꾸고, 그렇게 해주길 잘했구나 생각했다.

○

8월 23일 밤, 첫 귀뚜라미 소리를 들었다. 진작부터 울기 시작했을지도 모르지만 올해는 쿠루 일 때문에 오늘 밤까지 눈치채지 못했다.

○

결혼 축하 자리나 생일 축하 자리 등에 보통 장식용 과자를 낸다. 경사스러운 자리를 축하하는 과자인데, 영전에 올리거나 조의를 표하는 부의용 과자라는 것도 존재할까. 그런 관습이 있는지 없는지 전혀 문외한인 나는 모르겠지만, 올겨울 소학교 시절부터 절친했던 오랜 지기가 세상을 떴을 때 단골 과자 가게에 주문해 만든 부의용 과자를 영전에 올렸다.

8월 25일, 오후부터 천둥이 치고 여름 소나기가 내리더니 밤이 된 후까지도 내리 쏟아졌다. 오늘은 쿠루가 죽은 지 7일째 되는 날이다. 쿠루를 다시 건강하게 만들어주진 못했지만 마지막까지 연이어 11일간 쿠루를 위해 여러 가지로 애써준 닥터에게 감사의 마음을 전하기 위해 부의용 과자를 주문해 아내가 전달했다.

과자 겉면에 초콜릿으로 쿠루 이름을 넣었다.

Kater* Kurz

과자에 쓴 그 글자를 보니 독일 태생의 미국인 연주 지휘자

---

* 수고양이를 뜻하는 독일어.

에프렘 쿠루츠가 떠올랐다. 고양이와 한데 묶는 건 죄송한 일이지만, 이름이 우리 집 고양이와 같다는 뜻일 뿐 다른 의미는 없다. 올해 초봄, 신문에 오늘 밤 그가 하네다에 도착한다는 기사가 났던 날 밤, 곁에 앉은 쿠루에게 "쿠루야, 너는 마중 나가 보지 않아도 되는 게냐?" 하고 말하며 머리를 쓰다듬었던 일이 생각난다.

오늘은 잠들기 전까지 비가 계속 쏟아져 빗소리가 요란하다. 쿠루의 귀가가 늦어지는 밤이면 이럴 때 무척 걱정을 했다. 이제 그런 걱정은 없다. 이미 쿠루는 잠들었으니.

○

8월 26일 일요일에는 아침부터 쉬지 않고 비가 내렸다. 구마노나다에서 동해로 빠져나간 14번 태풍의 여파다.

쿠루는 지난주 일요일 오후 네시 오분, 우리 세 사람의 손길 속에서, 그 작은 머리를 우리 품에 의지한 채 숨을 거두었다. 오늘, 지금이 바로 그 네시 오분. 하지만 그건 이미 지나간 일이고, 날수를 세어 어제를 7일째라 치고 닥터에게 선물도 이미 보냈다. 같은 일요일이라는 건 별 의미가 없으리라. 그런데도 하루 종일 그 네시 오분이 신경 쓰여 도무지 그 생각을 떨쳐낼 수가 없다. 낮에 다시 잠을 청하려고 누워봤지만 잠들지 못하고, 계속 쿠루의 그때 모습만 생각이 나서 결국 일어나 앉았다. 두시가 조금 넘은 시간. 일어나니 시간은 점점 네시에 가까워지고.

○

8월 그믐날 늦은 밤, 밥을 먹다 화장실에 다녀왔다. 돌아오

면 반드시 그 자리에 있던 쿠루, 털 덮인 세모난 귀를 쫑긋 세
우고 있던 쿠루가 없다. 꿈속에서라도 좋으니 한 번만 더 만나
고 싶다. 안아주고 싶다.

○

9월에 접어든 어느 날 아침, 더 자고 싶지만 좀처럼 잠들 수
없어 포기하고 일어났다. 그 전에 깜빡 졸았는지 쿠루 꿈을 꿨
다. 그러니 나는 역시 잠들었던 것이리라. 쿠루를 안고 오카야
마에 있는 생가 시호야의 가게 흙마루를 지나 뒤쪽 창고로 들
어갔다. "쿠루야, 이 딱한 녀석아." 하고 말한 건 쿠루가 죽을
때 일이 생각나서였다. 창고 안 흙마루로 내려가려는 쿠루를
안아 올리는데 흙이라 발톱이 걸리지 않는다. 그렇게 쿠루의
손을 감싸 쥐고 있다가 잠에서 깼다. 그러니 나는 역시 잠이 들
었던 게다. 그 꿈을 꾸기 위해 깨기 직전 잠시 더 잔 게 아닐까
싶다. 바로 일어나 앉았는데, 쿠루를 안았던 팔과 쿠루의 이마
에 맞대었던 얼굴에 아직 남은 쿠루의 온기가 선명하게 느껴
졌다.

○

그 이튿날, 저녁 무렵부터 하늘이 흐려지더니 세찬 빗소리
가 나기 시작했다. 빗소리가 나는데 쿠루가 아직 돌아오지 않
았을 땐 비가 더 쏟아지기 전에 얼른 돌아왔으면 하고 바라곤
했다. 그럴 때 쿠루가 내리기 시작한 비를 용케 피해가며 내 바
람대로 돌아온 적도 있다. 오늘 그 빗소리를 들으니 몇 번이고
같은 일이 떠오르고 또 쿠루가 떠올라서 빗소리가 들리지 않

게 귀를 막고 싶어졌다. 아무리 기다려도 쿠루는 이제 돌아오지 않는다.

○

음력 8월 보름에서 이삼일이 지난 날 밤, 귀뚤귀뚤 솔귀뚜라미 우는 소리가 난다. 이 일대에선 흔히 들을 수 없는 소리다. 어느 집 벌레장 속에서 우는 것이리라.

히간 고양이의 계절, 바깥 고양이들의 발정기가 시작되었는지 집 주위에서 시끄럽게 울어댄다. 쿠루가 죽은 후론 정원에서 고양이 그림자조차 찾아볼 수 없었는데, 그리 야옹야옹 울어대니 쿠루 생각이 난다. 아내는 밤중에 고양이 울음소리가 귀에 들러붙어 통 잠들지 못했다고 한다. 오전에는 어느 고양이가 발정기 울음소리와는 다른 소리로 집 주위에서 꼭 우리를 부르듯이 쉬지 않고 야옹야옹 울어 안절부절못했다. 노라 목소리와는 다르고 물론 쿠루일 리도 없다.

어젯밤 울던 솔귀뚜라미는 이웃집 벌레장 속이 아니라 우리 집 정원 홈통 옆 풀숲에 있는 모양이다.

○

쿠루의 19일이 다가온다. 요 한 달간 연일 이어지는 폭염 속에서 우울하게 지내며 다들 부스럼 만지듯 쿠루 이야기를 삼가고 쿠루 일을 입에 담지 않도록 조심했는데, 그제와 어젯밤에 들은 솔귀뚜라미 소리는 실로 반가운 것이었다. 그 울음소리를 들으면 기분이 상쾌해진다. 나는 원래 찌르르르 우는 방울벌레보단 귀뚤귀뚤 우는 솔귀뚜라미를 더 좋아하기도 하고 최근 몇 년간 그 소리를 듣지 못했기 때문에 더욱 귀하다. 땅거미가 내려앉으면 홈통 근처에서 아름답고 맑고 또렷한 가락으로 울기 시작한다. 쿠루가 나를 위로하기 위해 솔귀뚜라미가 되어 근처에서 울어주는 게 아닐까, 어젯밤부터 그런 생각이 들었다. 그러고 보니 솔귀뚜라미가 있는 풀숲 바로 앞에 쿠루의 귤 상자가 묻혀 있다.

5

길고양이 새끼인 노라가 우리의 보살핌을 받으며 집고양이로 살기 시작한 후에 별채를 지었다. 그래서 노라는 별채의 공사 과정을 다 알고 있고, 문 앞에 쌓아둔 목재에 올라가 놀기도 했다.

지금으로부터 5년 전인 쇼와 32년 봄, 날 맑던 3월 27일 오후에 별채에서 아내가 바느질을 하는데 노라가 와서 야옹야옹 울며 밖에 나가고 싶어 하기에 아내가 안고 정원으로 나갔다. 노라는 아내 팔에서 빠져나가 속새 수풀을 헤치고 연못 쪽 정원으로 가더니 담을 넘어 옆집 정원으로 가버렸고, 그 후로 돌아오지 않았다.

오래전 시골 생가도 그렇고 또 도쿄에 집을 산 후에도, 우리 집에는 대개 늘 고양이가 있었다. 하지만 특별히 귀엽다 느껴본 적도 없고 딱히 보살펴준 적도 없다. 있든 말든 전혀 신경 쓰지 않았다. 그러다가 가엾은 노라가 실종된 후 아주 심각하

게 고양이의 사랑스러움을 알게 되었다.

그로부터 두 달 후, 아직 내가 매일 노라 생각으로 울며 지낼 때 찾아온 녀석이 쿠루츠다. 그러므로 쿠루와는 5년하고 몇 개월을 살았다. 쿠루와 처음 만났을 무렵의 일과 그 후 이어진 우리와의 생활에 관해서는 이 원고 전에 몇 편인가 기록해둔 글이 있을 텐데 지금 당장은 기억나지 않는다.

쿠루는 5년 몇 개월, 정확히는 5년하고 석 달 동안 완벽히 우리 사이에 녹아들었고 우리는 차츰 쿠루를 귀여워하게 되었다. 쿠루는 집에 돌아오지 못하게 된 노라의 말을 전하러 온 것이라고, 나는 그렇게 믿었다. 어디 풀숲이나 담 그늘에서 노라가 쿠루에게 우리 집에 가서 이렇게 좀 전해줘, 하고 말한 게 틀림없다. 쿠루는 꼬리가 짧지만 그 외 털이며 얼굴 생김새가 노라와 판박이다.

처음에 쿠루는 눈물 그득한 눈으로 내 얼굴을 올려다보곤 했다. 그 모습이 말로 다 할 수 없이 사랑스러워 점점 쿠루에게 마음이 가기 시작했다. 노라 일로 데일 만큼 데었다. 너무 귀여워하면 안 된다고 늘 생각하면서도 사랑스러움은 점차 커져만 갔다.

그 몇 년간 하루 중 절반은 내 이부자리 밑으로 와서 잠을 잤다. 내가 일어나서 책상 앞에 앉아 골똘히 생각에 잠겨 있으면 방금까지 별채와 부엌 쪽에서 무언가를 하던 쿠루가 책상 맞은편으로 와서 내 얼굴을 똑바로 바라보며 뾰로통하게 야옹야옹 운다. 저쪽에서 뭔가 제 마음대로 되지 않는 일이 있어 내게 일러주러 온 모양이었다. 여러 번 그런 일이 반복되다 보니 말은 통하지 않아도 쿠루의 의도가 내게 다 전해지는 것처럼 느껴지기 시작했다.

하지만 아무리 귀여워도 밤중이나 아직 어두울 때 소란을 피워 억지로 아내를 깨우는 건 골치 아픈 일이었다. 아내의 다음 날 일과에 여러모로 지장이 생겼다. 정도가 심해지고 매일같이 이어지니 아내가 나가떨어졌다. 가엾지만 인간이 자야 하는 시간에는 쿠루를 우리 안에 넣고 재우는 게 어떻겠냐고 아내와 의논했다.

실행에 옮길 생각으로 쿠루의 닥터와 상의해보았다. 방에 들일 수 있는 깨끗한 우리가 있는데 바닥이 이중으로 되어 있고 모래 상자도 넣을 수 있다고 한다. 주문하면 바로 가져다준다는 가게의 전화번호도 받았다.

전화를 거는 일만 남았다.

하지만 생각해보니 그 안에 갇혀 자는 걸 쿠루가 좋아할 리 만무하고, 한두 번이면 모를까 매일 밤 그 안에 갇혀 제가 가고 싶은 코앞 아내 이불에도 파고들 수 없게 된다. 창살을 득득 긁어도 밖으로 나올 수 없다. 그게 싫어서, 밤이 되면 그 안에 들어가야 한다는 생각에 집으로 돌아오기 싫어지기라도 하면 큰일이다. 그렇게 되고 난 후에 쿠루의 행방을 걱정하며 찾아다녀야 하는 일이 벌어지지 않으리라는 법도 없다. 쿠루를 재울 우리를 사는 일 따위 생각지 않기로 했다.

그건 관뒀지만 모래 상자는 밤에 잘 때 쿠루가 있는 별채에 넣어두기로 했다. 원래는 부엌의 좁은 흙마루 한구석에 두었는데 언젠가부터 방에 들이게 되었다.

쿠루가 병으로 몸져누운 후부터는 하루 종일 별채에 두었다. 처음에 제 발로 걸어갈 수 있었을 때는 물론이고 다리가 후들거려 거기까지 가기 힘들어진 후로도 우리에게 의지하거나 안겨서 모래 상자까지 갔다. 나날이 기력을 잃어가면서는 안겨서 거기까지 가도 상자 안에서 일어서 있지 못해 사람 손에 의지해야 했지만 그래도 꼭 모래 속에다 하고 실수한 적도 없다.

그런데 19일 전날 저녁부터는 딱하게도 결국 그 자리에서 흘리게 되었다. 물론 불결하기도 하고 두툼한 깔개는 엉망이 되었지만 그런 건 아무려면 어떠랴. 이불 따위를 신경 쓸 때가 아니다. 씻으면 그만이다. 그렇게, 그 지경으로 기력을 잃고 쇠약해진 쿠루를 움직이게 하는 건 몹쓸 짓이다. 쿠루가 좋아해서 늘 올라가 자던 익숙한 아내의 이부자리에서 그대로 자게 두었다.

딱 하나 위안거리가 있다면 실종된 노라와는 달리 해주고 싶은 일은 다 해주었다. 쿠루가 하고 싶어 하는 일이라면, 그게 뭐든 다 하게 했다.

6

오래전, 중학교 첫해부터 한문을 배웠다. 점점 난이도가 높아져 5학년 땐 『한비자』 같은 백문*을 읽어야 했다. 그래도 처음에는 쉬운 것부터 시작했고, 한문 독본으로 배우는 건 옛 한문 서적에서 베껴 온 내용이 아니라 근엄한 한문체로 엮은 흥미로운 이야기들이었다. 인도 총독의 어린 딸을 수호하는 코끼리 이야기, 곡예 코끼리가 조련사의 말을 따르며 곡예를 하는 이유 등, 그런 이야기들이 한문으로 쓰여 있었다.

그중에 호주의 까마귀가 숫자를 세는 이야기가 있었다. 까마귀가 많은 곳에 오두막을 세우고 까마귀가 보는 앞에서 몇 사람이 오두막으로 들어간다. 오두막 앞에는 까마귀가 좋아하는 주먹밥을 쌓아둔다.

배울 당시에는 아무 생각이 없었지만 후에 생각해보니 호주에서 주먹밥이라는 건 조금 이상하지 않은가. 호주에 관해서는 잘 모르지만 혹 원주민은 쌀을 주식으로 먹기도 하는 걸까. 그런 건 중요하지 않으니 그저 알기 쉽게 주먹밥이라고 한 것이리라. 그걸 지켜보던 까마귀는 당장 날아가 먹고 싶은 마음에 어쩔 줄을 모른다.

그러나 오두막 안에는 사람이 있다. 섣불리 다가갈 수는 없는 노릇. 주위 나뭇가지에 앉은 채로 바작바작 속만 태운다. 그때 오두막에서 한 사람이 나와 어딘가로 가버린다. 뒤이어 또 한 사람이 나온다. 곧 또 다른 사람이 나온다. 즉, 세 사람이 나왔다. 그러자 여태 기다리던 까마귀가 일제히 나뭇가지에서 내려와 주먹밥 주위로 모여든다.

• 구두점이나 주석이 없는 순수 한문.

오두막 안에 몇 명이 더 남았는지는 관심 밖이고, 세 사람이 나오고 나면 까마귀는 안심한다. 이로 미루어볼 때 까마귀는 숫자를 셋까지 셀 수 있다는 이야기다.

고양이는 몇까지 셀 수 있는지 모르겠지만, 우리 집 식구 셋, 그 세 사람이 다 모여 있지 않으면 쿠루는 직성이 풀리지 않는 모양이다. 한 명, 두 명, 이렇게 세어나가는 것인지 어떤지는 모르겠지만 각자의 얼굴을 기억하고 저마다에게 다른 종류의 친근감을 느꼈을 것이다. 고양이가 우리를 점호한다는 건 아니지만, 누구 하나라도 빠지면 불안정한 기분이 드는 그 마음은 상상하기 어려운 것도 아니다.

저는 밖을 돌아다니며 어디서 뭘 하는지 가끔 돌아오지 않는 날도 있는 주제에, 자기가 돌아왔을 때 식구 셋이 모여 있지 않으면 야옹야옹 울며 집 여기저기를 찾아다닌다. 처음엔 왜 그리 시끄럽게 소란을 피우는지 이유를 몰랐는데, 셋 중 누군가가 나오거나 집에 돌아와서 다 모이면 그걸로 만족인지 이내 잠들곤 했다.

쿠루는 원래도 외로움을 많이 탔는데 최근엔 유독 사람을 찾으며 별 이유도 없이 사람 곁으로 오려 했다. 자신의 죽음을 생각진 않았겠지만 쓸쓸한 마음에 사람을 더 그리워하고 사람 옆에 붙어 있으려 했던 것이리라.

나는 그 후로 쭉 별채에서 잔다. 원래 자던 방의 내 이부자리로 돌아가고 싶지가 않다. 이부자리 머리맡 위 장지는 쿠루가 할퀴어 찢어놓은 그대로 남아 있다. 새로 발라 깨끗하게 만드는 게 싫어서 당분간은 그대로 두라고 일러두고 아무도 손대지 못하게 했다.

시간이 흘러도 쿠루 생각은 사라지지 않는다. 떠올리면 그후가 큰일이라 최대한 생각하지 않도록, 무심코 떠올라도 거기 오래 머무르지 않도록 노력하고 있다. 그런데 쿠루가 죽고 난 후에 한 가지 쿠루가 내게 해주고 간 일을 깨달았다. 나는 오래전부터 취침과 기상 시간이 불규칙해서 하루를 내 마음대로 쓰지 못했다. 상당히 오래 묵은 습관이라 이제 어쩔 수 없는 일이라고 단념했는데, 최근 들어 아침엔 대체로 남들과 비슷한 시간에 일어날 수 있게 되었다. 어찌 된 일인가 하면, 쿠루가 아프고부터 걱정되는 마음에 아침 일찍부터 잠든 쿠루를 살피러 갔고, 닥터가 매일 진료를 오게 된 후로는 진찰과 치료를 지켜보며 상태를 묻고 그때마다 제발 어떻게든 손을 써주십사 부탁을 드렸다. 닥터의 내진 시간은 대개 여덟시, 혹은 더 이를 때도 있다. 하지만 아무리 이른 시간이라도 너무 이르다는 생각 따위는 해본 적이 없고 오히려 기다리기 힘들었을 정도인데, 그게 11일간 이어지다 보니 일시적이나마 자연스레 습관이 되었다.

아침에 일어날 수 있고 남들과 비슷한 일과를 보낼 수 있다는 것은 내겐 뜻밖의 행복으로, 여태 수없이 마음을 먹었다가 실패했던 일이 이루어졌다. 쿠루가 두고 간 선물이다.

두고 간 선물은 좋은데 반대로 가져가버린 것도 있다. 전에도 썼던 생선회. 그 후 나는 한 번도 생선 가게에서 회를 주문하지 않았다. 그 맛이 싫어진 것은 아니지만, 매일 밤 내가 상에 앉길 기다리며 그토록 행복해하던 쿠루가 떠오르는 게 괴로워서 연상의 매개체가 되는 회를 멀리한다. 마지막 무렵, 넙치 회 조각은 너무 커서 먹지 못하게 되고부턴 날 가자미를 저며서 주었다. 쿠루가 먹던 그 마지막 가자미가 냉장고에 남아 있어서 후에 내가 익혀 먹었다. 가자미도 이제 별로 먹고 싶지 않다.

지독히 덥던 여름도 가고 조금씩 해가 짧아져 아침 밝는 시간도 늦어지기 시작한다.

동트기 전 불현듯 잠에서 깼다.

옆 이부자리에서 아내가 운다. 휴지를 눈에 대고 하염없이 운다. 서로 쿠루 이야기는 잘 꺼내지 않지만, 죽고 얼마 지나지 않은 어느 날 아침, 아내가 아침이 되면 너무 괴롭다고 한마디 하고는 울었던 적이 있다.

그로부터 벌써 한 달 반이나 흘렀다. 하지만 아무리 시간이 흘러도, 새벽녘 이맘때면 잠든 아내를 깨우려고 소란을 피우던 쿠루가 계속 생각날 것이다.

어쩌다 잠이 깬 아내가 품 안에 쿠루가 없음을 알고 울음을 터뜨렸으리라.

카터 쿠루츠, 남은 이야기

1

"쿠루 있지요?"

"있어."

아내 말에 따르면, 나갔다가 들어와 털이 질척질척 더러워진 채로 이불 아래쪽에서 자던 쿠루가 갑자기 일어나 달려들었다고 한다. 더럽다고 타박을 쥐도 개의치 않고 아내 품에 파고들었다.

내가 "있어."라고 말한 건 밤중에 자다 깨서 돌아누우려 하는 내 발에 쿠루가 올라와 있었기 때문. 무거워서 바로 알 수 있다.

밤중뿐만 아니라 낮에도 와서 올라온다. 얼마 전 책상 앞에서 밤을 새우고 날이 밝은 후에 지쳐서 누웠더니 순식간에 꾸벅꾸벅 잠에 빠졌다. 그때 아직 완전히 잠들지 않은 내 발 위로 쿠루가 곧장 올라왔다.

'할아버지, 일 끝났어? 고생 많았어.'

쿠루가 그 말을 하러 온 것이라고 생각했다. 그래서 발 위에 쿠루를 올려둔 채로 기분 좋게 잠들었다.

쿠루는 작년 늦여름, 더위가 절정이던 8월 19일 오후 네시 오분에 우리의 오열 소리를 들으며 사랑스럽고 작은 숨을 거두었다.

그로부터 벌써 반년 가까이 흘렀다. 요즘엔 아침저녁으로 날씨가 이렇게나 춥다. 쿠루는 정원 담벼락 옆 봉긋하게 솟은 땅 아래에 잠들어 있다. 상자 안에 작은 이불을 깔고 몸 위에도 덮어주고 수건을 채워 넣고 작은 베개도 넣어주었지만 그래도 춥겠지. 하지만 땅속은 따뜻할지도 모른다. 비가 내려도 바로 젖지는 않는다. 어찌 됐든 우리 집에 있기 때문에 이따금 나와서 아내와 내게 안기거나 이불 아래쪽에 올라온다.

나는 고양이의 유령 이야기를 하는 게 아니다. 유령이 실재한다는 결론으로 이어지는 일반적 사고방식과 일맥상통하는 부분이 있을지도 모르겠지만, 쿠루의 유령을 상대로 쿠루가 둔갑해 찾아왔다는 둥 그런 생각 같은 건 하지 않는다. 나와 아내는 반년 전에 죽은 쿠루를 아직 잊지 않고 있다. 항상 우리 마음속에 있다. 우리 안에 가만 머무르면서 바깥 자극과도 조화를 이루어 별다른 일이 없을 땐 쿠루가 그 안에 있다는 사실조차 잊고 사는데, 비가 내려 빗소리가 거세어지거나 차가운 바람이 처마를 두드릴 때, 다른 고양이가 정원에서 소란을 피울 때면 우리 안의 쿠루가 선명해진다.

그런 쿠루에게 형태를 부여하는 건 대수로울 것 없는 자연스러운 일로, 모습을 갖춘 쿠루는 당연하다는 듯이 우리 품에 안기거나 이불 위로 올라온다.

우리가 이렇게 살고 있으니 쿠루 또한 그렇게 살고 있다 믿어도 전혀 이상할 것이 없다.

조금 의문스러운 건 쿠루가 죽은 후 집에서 자취를 감추었을 벼룩이 아내의 팔을 문 일이다. 아침에 보니 거기 물린 자국이 선명히 남아 있었다.

"그러고 보니 어젯밤에 쿠루가 와서 베개에 나란히 누워 자는 바람에 수염이 코를 찔러서 간지러워 혼났지 뭐예요."

쿠루의 수염 때문이 간지러웠다는 것까진 좋은데, 그때 고양이벼룩에 물린 흔적이 아침까지 남아 있다는 건 난처한 이야기다. 실제로 진짜 벼룩이 있었던 것이리라.

쿠루는 앞으로도 언제든 주저 말고 나오렴. 우리가 이렇게 살아 있는 한 항상 너를 기다리고 있을 테니.

우리가 없다면 없는 곳에 와봐야 아무 소용이 없다. 인간들이 하는 이야기이긴 하나, 심심해서 어슬렁어슬렁 산책을 나온 유령과 마주쳤다는 이야기는 들어본 적이 없다. 인간의 유령은 그 유령을 보게 될 사람을 위해 나오는 것이라 해도 무방하다. 하물며 쿠루는 유령이 아니다. 쿠루는 늘 우리 마음속에 안주하고 있다.

2

고양이는 어린아이와 똑같아서 속이거나 거짓말을 하면 안된다. 쿠루가 우리 곁에 머물렀던 5년 반 동안 인간이 그를 속인 적은 한 번도 없다. 상대는 고양이지만 그를 대할 땐 성심성의를 다했다. 쿠루도 마음속 깊은 곳으로부터 우리를 신뢰했다.

쿠루는 병으로 죽었다. 치료에 제법 애를 썼지만 그래도 죽어야만 하는 때가 왔던 것이리라. 살아 있는 모든 것은 반드시 죽는다. 죽기 전에 살아 있는 것이고, 그건 물론 당연한 일로 살아 있지 않은 것이 죽을 리 만무하다. 고양이도 마찬가지, 쿠루도 마찬가지. 죽기 전 살아 있었을 때 우리와 함께했다. 그리고 이처럼 치열한 감명을 남기고 떠났다.

아내가 먼 곳에 귀를 기울이는 듯한 얼굴로 말했다.

"정말 야옹야옹 우는 소리가 들려요."

처음엔 나도 그런가 싶었는데 그게 아니다.

천식 기미가 있는 목 안쪽이 희미하게 울리는 소리였다.

"쿠루야, 넌 이제 내 목 안까지 들어온 게냐."

현관 옆 울타리 문이 시끌벅적하다 했더니 근처 후타바 학원의 여자아이 대여섯이 우르르 몰려와선 이 댁 고양이가 죽었다던데 마음이 아프니 대신 수컷 삼색 고양이를 드리겠다, 괜찮다면 지금 당장 데려오겠다, 하고 말한 모양이다. 어쩌면 가서 그렇게 말하라고 시킨 선생이 있었을지도 모른다. 친절한 마음은 감사하다고 인사를 하고 고양이는 사양했다.

낯선 사람이 전화로 샴고양이 새끼를 주겠다고 한다. 쿠루 생각에만 빠져 있지 말고 꼭 키워보라고 했다. 거절하느라 애를 먹었다.

니가타현 니가타시에서 그 집 새끼 고양이에게 도쿄로 가서 쿠루 대신 선생님 댁에 들어가 살라고 가르치는 중이라는 내용의 편지가 왔는데, 폭설로 기차가 끊어졌으니 그 고양이가 찾아올 걱정은 없다.

사람들의 친절한 마음은 고맙지만 내게는 몇 해 전 봄 3월 27일에 화창한 정원의 속새 수풀을 헤치고 어딘가로 사라져버린 노라, 그리고 쿠루 이 두 마리 고양이가 소중할 뿐 다른 우수한 고양이나 귀한 고양이 혹은 값비싼 고양이에겐 아무 흥미가 없다. 노라와 쿠루는 어디서나 흔히 볼 수 있는 잡종이지만, 내겐 그 무엇과도 바꿀 수 없는 존재다.

한창 노라를 찾아다닐 때, 찾아준 사람에게 사례금을 주겠다는 말을 보고 다소 위험한 교섭을 시도한 이가 있어 일단 관할 경찰서에 신고했다.

담당자 두세 명이 와서 말하길, 사람의 생명과 재산이 침범당하지 않도록 보호하는 역할을 하는 것이 경찰의 임무인데 이 집 고양이가 어디서든 흔히 볼 수 있는 잡종이라면 사정이 조금 다르다고 했다. 그 고양이가 5만 엔이라거나 10만 엔을 주고 샀다거나, 그런 경우엔 처리가 쉬워진다고 말하며 웃었다.

애당초 나는 고양이 애호가가 아니다. 그 무리에 낄 자격은 없을 듯하다. 그저 실종된 노라와 병으로 죽은 쿠루, 이 두 마리가 곁에 있든 없든 못 견디게 사랑스러울 뿐이다.

그러나 사람들은 나를 고양이 애호가 할아버지쯤으로 생각하는 모양이다. 이런저런 친절한 말을 건네주는 것 또한 그 때문이리라. '일본고양이협회'라는 곳에서 초대를 받았다. 그 협회는 전국사무소가 있고 또 별도로 도쿄 사무소가 있다. 오는 며칠, 인권 옹호에 대항하여 고양이를 지키기 위한 '냥권 데이'를 주최한다고 했다. 그 법률을 함께 만들자며 당일 집회에 초대한 것이다.

'아아, 따라서 고양이 된 입장으로선 말이죠.' 같은 고양이 연설이 있었을지도 모르지만, 유감스럽게도 나는 불참했다.

3

이웃 댁 가정부가 오더니 다친 고양이 한 마리가 집 정원에 쓰러져 있는데 목걸이를 차고 있기에 우리 집 고양이가 아닐까 싶어 알려주러 왔다고 했다. 쿠루가 죽고 난 후의 일이라, 우리 집 고양이는 아니지만 친절하게 알려주셔서 감사하다고 인사를 했다.

아내가 목걸이를 찬 고양이라면 우리 집 정원에 자주 와서 안다고 했다. 아직 어린 수컷으로 아마 집고양이일 것이라고 한다. 어려서 싸움에 진 게 틀림없다. 어린 고양이는 경험 많은 고양이를 당해낼 수 없다. 우리 집 쿠루는 강했지만.

후에 듣기로 그 고양이는 그대로 죽었다고 하는데, 쓰러져 있던 곳에서 조금씩 움직여 담벼락 근처까지 가서 죽었다고 한다. 조금씩이나마 움직였던 건 자기 집으로 돌아가고 싶었기 때문일 것이라 생각하니 가여워졌다. 쿠루 목에 채워줬던 목걸이에는 우리 집 주소와 이름, 전화번호를 새긴 길고 얇은 금속판을 가죽 테두리에 넣어 달아두었는데, 그 어린 고양이의 목걸이에는 그런 게 없어 어느 집 고양이인지 알아낼 방법이 없기 때문에 일단 귤 상자에 넣어두고 근처를 수소문 중이라고 했다.

아주 친절한 처사라 듣기만 해도 감사한 마음이다. 쿠루는 사정이 다르지만 노라는 어딘가에서 비슷하게 죽지 않았을까, 하고 또 그때 일을 떠올린다. 노라는 한 살 반밖에 안 된 어린 고양이였고, 우리가 손수 보살피며 키운 첫 고양이다 보니 경험이 없어 고양이를 보호하기 위한 여러 조치가 부족했다. 노라에게는 목걸이도 채우지 않았다. 그러니 그 댁에서 죽은 어린 고양이와 사정이 비슷하다. 그 어린 고양이는 주소와 이름은 모르지만 집고양이라는 사실만이라도 알렸으니 오히려 노라보다 낫다고 할 수 있다.

노라가 실종된 후 서둘러 이름을 새긴 목걸이를 만들었다. 조만간 돌아오겠지. 돌아오면 채워주자. 그런 생각으로 여분까지 여러 개 만들었다. 그러나 노라는 돌아오지 않았다. 노라의 말을 전하러 온 것으로 추정되는 쿠루에게 그 목걸이를 채워주었다.

쿠루는 싸움을 잘했다. 져본 적은 없는 모양이다. 하지만 그

로 인해 크게 다쳐서 돌아오는 일이 잦았다. 상처는 전부 얼굴에 난 것이었다. 그 상처를 보면 용맹하게 분전하는 쿠루의 모습을 상상할 수 있었다.

싸움에서 이기든 얼굴에 난 상처든 뭐든, 일단 고름이 생기면 그냥 둘 수 없다. 쿠루의 주치의인 고양이 의사 선생님에게 치료를 받기도 하고 약을 사 오기도 하고, 입원시킨 적도 두 번 있는데 그러고 나면 얼마간은 기력이 쇠해 바로 회복되지는 않았다. 쿠루가 병으로 죽음에 이른 원인은 거듭된 고름에 있을지도 모른다. 죽기 며칠 전에는 닥터가 패혈증을 의심하기도 했다.

그래도 건강할 땐 용맹하고 늠름해서 다른 고양이가 우리 집 정원에 들어오는 것을 허락지 않았다. 발견하면 달려 나가 쫓아버렸다. 제 기세를 주체하지 못해 상대 고양이와 함께 연못 속에 빠진 적도 있다.

발정기 땐 더 강해지는지 암컷 수컷 뒤섞여 정원으로 오는 고양이들을 닥치는 대로 내쫓아버렸다. 쿠루가 위세를 떨치니 결국 한 마리도 남아나질 않는다. 쿠루는 별채 지붕으로 올라가 정원을 쓱 둘러보며 이걸로 됐군, 하고 생각하는 모양인데 정작 중요한 암컷까지 다 가버리고 한 마리도 남질 않았으니 이건 어찌 된 영문인지.

쿠루야, 대체 무얼 위한 용맹함인지 알 수가 없지 않느냐.

쿠루는 그 뒤를 쫓아가지도 않고 계속 차양 위에서 정원 어딘가를 바라볼 뿐이다.

속새 수풀을 헤치고

쇼와 32년(1957년) 음력 3월 27일의 화창한 오후, 아내가 별채에서 바느질하고 있을 때 부엌으로 이어지는 유리창 밖으로 노라가 오더니 밖에 나가고 싶다고 했다. 고양이가 그런 말을 할 턱이 없다고 생각하는 건 얕은 소견으로, 한 지붕 아래서 자나 깨나 함께 지내다 보면 고양이가 하려는 말 정도는 알아들을 수 있다.

아내가 그럼 나갔다 오렴, 하고 일어서서 늘 하듯 품에 안고 뒤뜰로 나갔다. 안은 채로 현관 옆 울타리 문까지 가니 노라가 아내 품에서 벗어나려고 해서 내려주었다.

노라는 그곳 속새 수풀을 헤치고 정원으로 나가서는 바로 옆 학교와 집 사이 담을 넘어 어디론가 가버렸다. 거긴 늘 노라가 다니던 길이라 아내는 대수롭지 않게 여겼는데 그 후 노라는 실종되었다. 그리고 지금껏 돌아오지 않았다.

노라를 찾기 위해 짚이는 집에 일일이 다 가보았다. 노라 안 왔던가요, 혹시 노라 못 보셨나요, 혹시 오면 바로 꼭 연락주세요.

그중 가장 가능성이 높은 방향에 가쓰 신타로* 씨 댁이 있었다.

　우리 집은 남쪽으로 학교와 맞닿아 있는데, 학교 너머 담을 따라 쭉 가다 보면 거기서 남쪽 방향 골목길 입구에 어느 기선회사 목패가 걸려 있다. 그 회사 툇마루 아래에 노라가 자주 갔던 모양이라 아내가 몇 번이나 가서 마루 아래를 확인해보았다.

　그 바로 옆이 가쓰 신타로 씨 댁이다. 뒤뜰에 고양이들이 수시로 모여들기 때문에 가쓰 씨 어머님이 우리 노라를 아신다고 했다. 그래서 아내가 종종 찾아가 노라 소식을 묻고 혹 노라가 들르면 연락을 달라고 부탁하기도 했다. 내가 직접 가서 인사를 드린 적은 없지만 노라가 막 실종되었을 땐 그 기선회사에 들어가보기도 했다. 몰래 들어가려 했던 건 아니지만, 허락 없이 그 주위에서 노라 흔적을 찾으며 가쓰 씨 댁 방향으로도 촉각을 곤두세우고 노라야, 노라야, 불러보곤 했다.

　실종된 노라의 발자취를 동남쪽 방향으로 추적했다. 가쓰 씨 댁은 동쪽에선 살짝 벗어나 있지만 대략 그 범위 내라고 할 수 있다. 어디로 갔는지는 모르겠지만 노라가 지나간 길에 가쓰 씨 댁이 있었던 것만은 분명하다.

　우리가 노라 일로 어쩔 줄 모르고 있을 때 그 마음을 알아주

* 배우, 가수 겸 영화제작자. 1954년에 데뷔해 '가쓰신'이라는 애칭으로 불리며 큰 사랑을 받았다.

고 친절히 대해준 것은 참으로 고마운 일이다. 가쓰타케는 그 댁 아드님이다. 자기 분야에서 점점 널리 이름을 알리는 모습을 보면 나도 모르게 기분이 좋고 응원하게 된다. 하지만 그건 이 글 앞에 써두었듯이 그의 연기 실력 때문은 아니니 그런 응원은 사절이라고 거절당할지도 모르지만, 바라건대 그러지 말았으면 한다. 우리 집에 심부름하러 오는 청년에게도 노라 찾기를 도와달라고 부탁했는데, 무언가 단서를 얻게 되길 바라며 이런저런 대화를 나눌 때 늘 기선회사 툇마루 아래와 가쓰 씨 댁 뒤뜰 이야기가 나온다. 그 댁 아드님은 영화배우예요, 하고 내게 알려주었다. 그러나 어떤 역할을 맡았는지, 연기를 곧잘 하는지 풋내기인지, 그런 것은 전혀 모른다.

그 후로 벌써 8년. 노라는 어디로 갔을까.

영화배우 가쓰 신타로 씨는 이렇게 대단한 분이 되었단다. 노라야, 네가 종종 뒤뜰에 놀러 가서 신세를 졌던 그 댁 형 말이다. 노라야, 넌 그 형을 아는 게지?

「노라야」

지금 이 원고를 쓰면서 3월 29일 「노라야」의 날이 다가오고 있음을 떠올린다. 노라가 집을 나간 게 3월 27일이니 아마 3월 30일 아침이었을 것이다. 잠에서 깨어 어젯밤 노라가 돌아오지 않았구나, 생각한 순간 전혀 예기치 못한 울음이 치밀어 오르더니 나도 모르는 사이에 오열로 바뀌었고, 눈물이 하염없이 흘러 베개를 적셨다.

지금 돌이켜 생각하건대 그때 이미 노라는 죽었던 것이리라. 텔레파시 현상을 믿고 말고 할 것도 없다. 노라가 내 머리맡에 마지막 인사를 하러 왔던 게 틀림없다.

당시 나는 아직 일흔이 될까 말까 한 나이였는데, 수십 년을 살아오면서 그런 경험은 단 한 번도 한 적이 없다.

혼자 있을 땐 주위 신경 쓰지 않고 어디서든 울었다. 화장실에 있을 땐 유독 심해서 혼자 엉엉 울었다. 조심하지 않으면 이웃집까지 들릴 거라고 아내가 나무랐다. 스스로 자제할 수 없을 정도였다. 오랜 시간 글을 써온 사람으로서, 이 격렬한 감정에 관해서는 꼭 기록해두어야 하리라.

온 마음을 다해 빌면서, 괴로운 마음을 다그쳐가며 「노라야」라는 글을 썼다. 글을 쓰면서는 늘 마음속으로 오카야마 비젠 북쪽에 있는 가나야마의 사원을 떠올렸다.

가나야마산이 어느 정도 높이인지는 잘 모르겠지만 기껏해야 600~700미터 남짓일 것이다. 어쩌면 더 낮을지도 모른다. 하지만 경치는 아주 훌륭해서 발아래 남쪽으로 오카야마 시내가 한눈에 내려다보였다. 소학교 시절에 소풍으로 갔었는데 그리 고된 행군은 아니었다. 가나야마의 사원 앞에 서서 눈이 깜빡깜빡 감기는 햇살을 받으며 남쪽에서 불어오는 바람을 들이마시곤 무의식중에 깊은 호흡을 했다.

「노라야」를 쓰는 동안 그 풍경이 계속 마음속에 떠올랐다. 잡지에 글이 실리자 반향이 있었고, 얼굴도 모르는 수많은 사람이 실종된 자신의 고양이에 대한 비통한 마음을 담아 편지를 보내주었다. 후에 「노라야」를 단행본으로 묶으면서 그 편지를 모두 수록했는데, 그 부분은 유독 반짝반짝 빛을 발하며 책 전체를 압도한다.

그런데 한창 그러던 시기에 아주 놀랍게도 손으로 어림짐작해서 약 300~400장, 어쩌면 그 이상 될지도 모르는 터무니없는 양의 원고가 소포로 도착했다.

대체 뭘 어쩌라는 건지. 소포 부피에 간 떨어지게 놀라 안을 열어보지도 않았는데, 돌이켜 생각해보면 이따금 버릇 나쁜 이들이 굳이 우편법을 위반해가면서 소포 속에 편지를 담아

보내는 일이 있긴 했다. 만약 그런 것이라면 열어서 확인해 무슨 이유로 보낸 소포인지 알아낼 수도 있겠지만, 그땐 포장된 채로 치워버렸다.

그 외에도 어림잡아 200~300장은 되어 보이는 것, 또 그것보다는 조금 가벼워 약 200장 정도 되어 보이는 소포가 몇 번인가 왔다. 열어보지 않아 잘은 모르겠지만, 노라 일로 한창 소란스러운 중에 그런 것까지 상대해줄 여유는 없었다.

노라가 나간 후에는 쿠루라는 고양이를 키웠다. 키웠다고 말하는 건 적절치 않다. 녀석이 제멋대로 우리 집에 들어와선 마치 노라의 형제 같은 얼굴로 자리를 잡고 살았으니 말이다. 필사적으로 노라를 찾아다니던 무렵, 노라와 털이 꼭 닮은 고양이가 수시로 옆집 담을 타고 와 제법 낯도 익히고 정도 들었다. 그런 더없이 적당한 때, 그는 우리 집에 들어왔다.

그러니 녀석의 태생에 관해선 아는 게 없었지만, 늘 곁에 있다 보면 예뻐하게 되기 마련이다. 노라와 달리 이따금 버릇없는 행동을 할 때도 있지만 혼을 내면 곧 얌전해졌다.

하지만 병치레가 잦아 근처 고양이 의원에 신세지는 일이 많았다. 나날이 기운을 잃고 쇠약해진 후에는 고양이 의원 원장님이 내진을 오시게 되었다.

원장님은 매일 아침 이른 시간에 오셨다. 그게 열흘간 이어졌지만 좋아질 기미는 보이지 않았다.

원장님은 집에 오시면 인사도 하는 둥 마는 둥 하곤 곧바로 작은 주사 앰플 여러 종류를 착착 늘어놓았다. 능숙한 손놀림으로 앰플을 잘라 아내 품에 안긴 쿠루에게 주사를 놓았다. 아무래도 쿠루의 경과는 썩 좋지 않은 모양이었다.

나는 말했다.

"어쨌든 지금은 이렇게 살아 있으니 이 생명의 빛이 꺼지지 않도록 어떻게든 다시 건강하게 만들어주세요. 무리한 부탁이라는 건 잘 알지만 꼭 좀 부탁드립니다."

그렇게 말하며 고개를 숙였다.

아무래도 그건 불가능한 일이었던 모양이다. 원장님은 병원에 돌아간 후에도 병원 사람들과 이래저래 상의를 하셨다고 하는데, 나는 쿠루의 태생에 관해 아는 게 없어 이미 나이를 많이 먹어 남은 생이 길지 않다는 사실을 눈치채지 못했던 것이다.

"어이쿠, 이빨 상태로 봐선 제법 나이를 먹은 것 같은데요. 언제부터 키우기 시작하셨나요?"

의사 선생님도 쿠루가 죽기 하루 이틀 전이 되어서야 그렇게 말했다.

노라 그리고 쿠루, 그 후로 고양이는 절대 키우지 않는다.

찬바람 부는 밤에 문이 삐걱대는 소리가 들리면 심장이 철렁 내려앉는다. 거기에 버려진 새끼 고양이가 배곯고 추위에 지쳐 낑낑대며 울고 있으면 어떡하지. 내버려두면 죽을 게 뻔한데. 그렇다고 집에 들이면 다시 노라와 쿠루 때처럼 마음고생을 해야 하는데.

새끼 고양이가 아니라 바람 소리임을 확인하고 나면, 그제야 안심이 된다.

옮긴이의 말
어느 노작가의 '작은 운명' 이야기

우치다 햣켄. 나이 예순여섯. 열여섯에 처음 만나 열렬한 구애 끝에 결혼한 아내가 곁에 있고, 이미 다 자라 집을 떠난 자녀가 셋 있다. 작가로서의 명성도 적당히 얻었고, 따르는 제자들이 수시로 찾아와 대문을 넘는다. 매일 느지막이 일어나 볕 드는 정원을 바라보다가 밤이면 기분 좋게 술을 한잔 걸치고 글을 쓰다 잠든다. 일상은 잔잔한 수평이다. 치열하게 더 쟁취해낼 것도, 둑 무너지듯 와르르 잃을 것도 새삼 없다. 삶이 그런 지점에 이르렀을 때, 예기치 못한 작은 손님 하나가 헛간 지붕에서 바지랑대를 타고 내려와 그의 집 물독에, 아니 그의 삶 속에 풍당 뛰어들었다. 더 이상 특별한 일도, 새로운 일도 없을 것 같던 일상에 작은 변화가 일어난 순간이었다. 그리고 그 후 몇 년간의 삶을 예상치 못한 궤도에 올려놓은 커다란 사건이기도 했다. 후에 그는 그 사랑스러운 손님을 자신에게 찾아온 '작은 운명 덩어리'라고 표현했다.

새끼 고양이 노라가 어느 날 불쑥 우치다 햣켄의 삶에 찾아왔듯, 이 책도 어느 날 우연히, 무심코 내게 왔다. 책을 읽으며 나는 노라와 쿠루가 머물던 얼마간의 안온한 일상을 우치다 햣켄과 같은 눈으로 따뜻하게 지켜보았다. 우치다 햣켄과 같은 마음으로 돌아오지 않는 노라의 오늘을 걱정했고, 쿠루의 죽음을 슬퍼했다. 책을 읽으며 울어본 것이 얼마만인가 싶었다. 이 책의 번역을 욕심낼 이유는 그것만으로 충분했다. 우치다 햣켄을 잘 몰랐고, 고양이도 키워본 적이 없지만, 그럼에도. 이 책 속에 담긴 빼곡한 마음을, 꼭 누군가와 함께 나누고 싶었다.

노라, 쿠루, 열차, 술, 작은 새, 악기 고토(箏). 우치다 햣켄이 별스러울 정도로 마음을 다해 사랑했던 것들이다. 오카야마의 작은 시골 마을에서 태어난 그는 고집 센 부잣집 도련님이었고, 오카야마 동쪽을 가르는 열차 뒤꽁무니를 따라 달뜬 얼굴로 자전거 페달을 밟던 열정적인 소년이었다. 나쓰메 소세키에게 매료되어 하굣길에 친구와 그의 작품에 관해 논하던 어린 문학도이기도 했다. 그는 피가 섞이지 않은 조모의 무한한 사랑과 햣켄강 기슭에 부는 청량한 시골 바람을 양분 삼아 자랐다. 그리하여 열렬히 숭배하는 나쓰메 소세키의 문하에서 작가가 되었고, 이렇다 할 목적 없는 무용한 열차 여행을 즐기는 열차 마니아가 되어 전국 곳곳을 횡단했다.

그는 달리는 열차의 균일한 리듬에 몸을 맡기길 좋아했고, 손바닥보다 작은 생명의 미약한 울음소리를 사랑했으며, 고토의 선율이 빚어내는 언어 없는 절대경을 동경했다. 열차 여행을 떠날 땐 늘 정해진 준비물을 빠짐없이 지참했다. 열차에 올라타면 분주한 승객들에게 어깨를 떠밀려가며 열차의 머리부터 꼬리까지를 찬찬히 관찰하며 걷는 것이 그만의 의식이었다. 숫자만 빽빽이 나열된 열차 시각표를 밤새워 읽고 또 읽기도 했다. 20대 땐 어릴 적부터 좋아하던 작은 새를 50여 마리나 키우면서 밤낮없이 돌봤고, 전쟁 통에 공습으로 집이 불

탔을 땐 새장부터 쟁여 들고 집에서 뛰쳐나왔다. 양조장집 외동아들답게 술에 대한 사랑도 못 말릴 정도여서, 죽음이 가까워져 잠시 몸을 일으킬 기력마저 다 잃었을 때에도 컵에 빨대를 꽂아 샴페인을 마셨다. 이것이 그가 사랑하는 것에 마음을 쏟는 방식이었다. 그러므로 노라와 쿠루에 대한 절절한 마음 또한 그에겐 아주 자연스러운 것이었다. 남들 눈에는 별나고 유난스러워 보일지라도, 그는 그의 방식대로 이 두 마리 고양이를 열렬히 사랑했다.

무의미한 혼잣말 이야기를 계속 하자면, 나는 10년 전에 실종되어 아직 돌아오지 않은 고양이 노라의 이름을 부르곤 한다. 이제 돌아오지 않는다는 걸 알지만 부르는 것을 멈춰야 할 정해진 때가 있는 것도 아니다 보니 무심코 입 밖으로 튀어나온다. 쓸데없는 짓이다, 이제 돌아오지도 않을 텐데, 라는 말은 불필요한 오지랖이고, 그렇게 불러주면 노라도 아주 기뻐하겠네요, 라는 말은 아첨이다. 자연스레 입 밖으로 나오는 혼잣말이니, 바라건대 그냥 내버려둬주었으면 한다.

'노라야' 하고 부르는 건 견딜 수 없는 일이 있어서, 같은 심각한 이유 때문이 아니다. 어쩐지 기분이 조금 어수선할 때, 나도 모르게 불쑥 '노라야'를 입에 담게 된다.

—「아비시니아국 여왕」

노라가 가로질러 떠난 정원에 수십 번의 계절이 피었다 시들었지만, 그럼에도 노라를 생각하고 부르는 것을 멈추어야 할 적당한 때라는 건 찾아오지 않았다. 어느 날은 이유 없는 한숨으로, 어느 날은 무거운 침묵으로, 또 어느 날은 의미 없는 말버릇으로, 노라는 그렇게 일상 속에 불쑥불쑥 고개를 내미는 존재였다. 결국 목에 달아주지 못하고 넣어둔 서랍 속 목걸이처럼, 노라를 위한 마음은 항상 햣켄의 삶 속 어딘가에 가지런히 수납되어 있었다.

그런 의미에서 쿠루는 그의 덜 아픈 손가락이었다. 노라와 달리 쿠루는 마지막 눈감는 순간을 곁에서 지킬 수 있었다. 그러므로 행여 낯선 곳을 헤매며 배를 곯을까, 세찬 빗줄기에 귀가 젖을까 안절부절 걱정할 필요가 없다. 귤 상자에 담겨 그의 집 정원에 고이 묻힌 쿠루는 찬바람 부는 한데서 몸을 웅크리고 긴 겨울을 견뎌내지 않아도 된다. 햣켄의 말대로, 언제든 원할 때 따뜻한 이부자리로 올라와 품에 안기면 될 테니.

노라가 1년 반, 쿠루가 5년 3개월. 두 마리 고양이가 우치다 햣켄의 곁에 머물다 간 시간은 그리 길지 않다. 그리고 그 짧은 시간에 대한 눈물겹지만 사랑스러운 기록이 반세기가 넘는 시간을 건너 여기 남았다. 웃게 하고, 울게 하고, 눈물을 닦아주기도 하는 이 따뜻한 글을 어떻게 사랑하지 않을 수 있을까. 찾지 못한 노라 생각으로 단팥죽 위에 툭 떨어트리는 눈물 한 방울에 마음을 내어주게 되는 글이다. 고양이가 떠나고 남은 자리를 감히 바라보지도 못하고 엉엉 울음을 쏟아내는 노작가의 힘겨운 어깨를, 찬바람에 문이 삐걱대는 소리에도 심장이 철렁 내려앉는 그의 애잔하게 굽은 등을 오래 기억하게 되는 글이다. 오래 기억하게 되는 마음이다.

요즘엔 길을 걷다 반려동물을 찾는 전단지를 발견하면 꼭 발길을 멈추고 그 앞에 선다. 이 책을 번역하면서 생긴 버릇이다. 외투 주머니에 손을 넣고 유심히 들여다본다. 이름이 뭔지, 몇 살인지, 어떻게 생겼는지, 부르고 다가가면 겁을 먹고 숨어버리는지 아니면 사람을 곧잘 따르는지. 그 아이가 마침 내 눈에 띄어줄 기적이 일어나주지 않을 걸 알지만, 그래도 한참을 본다. 혹시 모르니까, 하는 내 사사로운 마음 하나에, 우연히 그 앞에 멈춰 섰을 발길 하나에 남은 모든 희망을 걸었을지 모를 누군가를 위해 내가 할 수 있는 유일한 일이다.

우치다 햣켄이 실금 같은 희망을 담아 세상에 뿌린 전단지는 모두 2만여 장. 누군가의 손에 얼마간 머물렀을, 혹은 어느 골목 뒤안길에서 나뒹굴다 빗물에 녹아버렸을 그 얇고 조악한 전단지를 늘 상상하며 이 책을 번역했다. 오래 들여다보고 곱씹었다. 내내 건너온 그의 마음이 모자란 번역으로 일그러지는 일 없이 온전히 건너가길 바라며.

김재원

당신이 나의 고양이를 만났기를

초판 1쇄 발행 2020년 4월 20일
지은이 우치다 햣켄
옮긴이 김재원

발행인 박지홍
발행처 봄날의책
등록 제311-2012-000076호(2012년 12월 26일)
주소 서울 은평구 연서로 182-1 미래아트빌 502호
전화 070-7570-1543   E-mail springdaysbook@gmail.com

기획·편집 박지홍
그림 김효은
디자인 공미경
인쇄·제책 한영문화사

ISBN 979-11-86372-75-3 03830

이 도서의 국립중앙도서관 출판사도서목록(CIP)은
서지정보유통지원시스템 홈페이지(http://seoji.nl.go.kr/kolisnet)에서
이용하실 수 있습니다(CIP제어번호: CIP2020013187).